Harry Potter™

필 / 름 / 볼 / 트

VOLUME 7

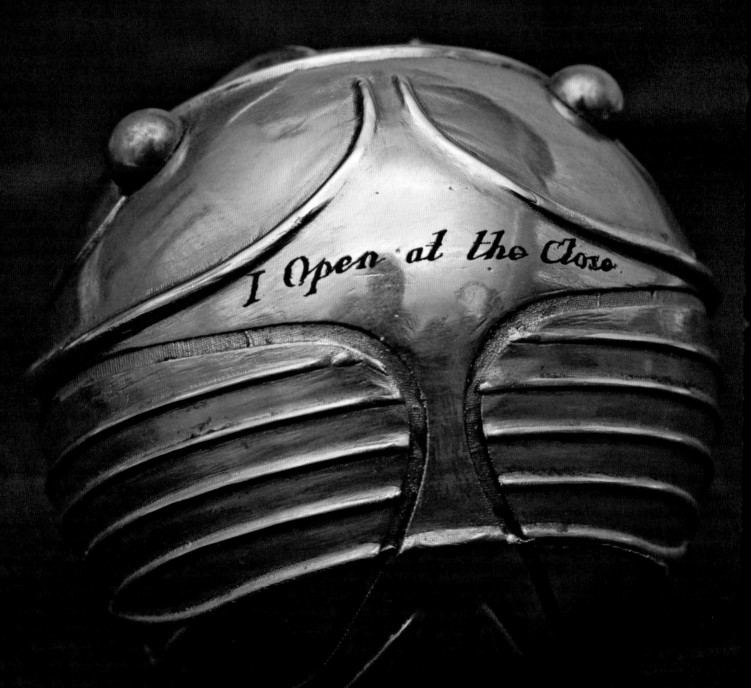

Harry Potter

필 / 름 / 볼 / 트

VOLUME 7

퀴디치, 트라이위저드 대회

조디 리벤슨 지음 | 고정아, 강동혁 옮김

문학수첩

들어가며

〈해리 포터와 마법사의 돌〉에서 등장하는 첫 호그와트 비행 수업에서 해리는 빗자루 비행에 타고난 재능을 보여 그리핀도르 퀴디치 팀 선수가 된다. 100년 만의 최연소 퀴디치 기숙사 대표 선수가 된 것이다. J.K. 롤링이 쓴 책에서는 퀴디치라는 마법사들의 스포츠가 전혀 문제될 게 없었지만, 스크린에서 이 스포츠를 표현하려면 몇몇 사람에게 교육이 필요했다.

〈해리 포터와 마법사의 돌〉과 〈해리 포터와 비밀의 방〉의 감독인 크리스 콜럼버스는 고백한다. "제가 영화제작자로서 느꼈던 가장 강한 부담 중 하나는 퀴디치를 어떻게 표현할지에 관한 것이었습니다. 우리는 관객이 생전 처음 NFL 경기를 구경하는 것처럼 퀴디치에 접근해야 했어요. 규칙이 아주 명료해야 했습니다." 콜럼버스와 시나리오 작가 스티브 클로브스는 퀴디치의 규칙을 이해하기 위해 롤링을 만났다. 콜럼버스는 말한다. "J.K. 롤링이 도표를 가져다주더군요. 영화에 반영할 퀴디치의 규칙을 알려준 거죠." 클로브스는 작가와 협업해서, 퀴디치라는 스포츠에 대해 통찰력을 얻는 데 도움이 되는 머글 세계

의 대체물을 찾았다. 콜럼버스는 설명한다. "롤링은 미국식 농구를 좋아한다는 말로 약간의 힌트를 줬습니다. 그래서 원작자가 고리 같은 것들로 뭘 하려는 건지 이해하게 됐죠." 콜럼버스는 그를 포함한 세 사람이 1권에는 나오지 않았던 규칙들을 고안해 냈다고 본다. "그 모든 회의들을 마쳤을 때쯤 우리는 모두 퀴디치를 이해하게 됐습니다."

콜럼버스에게는 퀴디치가 "위험하고 빠르고, 다른 표현이 있다면 좋겠지만 쿨하게 느껴지는 것"이 중요했다. "영화를 보는 아이들이 모두 '내가 아무 스포츠나 할 수 있었다면, 퀴디치야말로 내가 가장 좋아하는 스포츠가 됐을 거야'라고 말하기를 바랐습니다."

2쪽: 해리 포터가 호그와트 수색꾼으로 활약하면서 잡은 첫 골든 스니치.
4쪽: 〈해리 포터와 불의 잔〉의 트라이위저드 대회 세 번째 과제에 등장하는 미로 콘셉트 아트(앤드루 윌리엄슨).
아래: 〈해리 포터와 마법사의 돌〉에서 해리 포터는 그리핀도르 퀴디치 팀 주장 올리버 우드에게 골든 스니치에 대해 배운다.

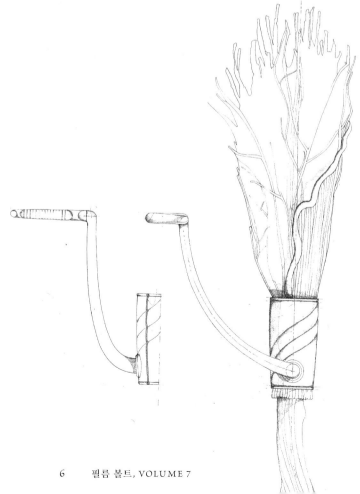

퀴디치는 날아다니는 빗자루, 바람을 맞아 망토를 펄럭이면서 높은 탑들을 빠르게 질주하는 선수들, 서로 다른 크기와 모양, 소리를 내는 공 여러 개 등 다양한 요소로 구성된다. "빗자루를 타는 것은 엄청나게 어려운 일이었습니다." 콜럼버스는 덧붙인다. "하지만 움직이는 감각과 속도감을 주는 동시에 진짜 운동선수들이 경기를 하는 것처럼 느껴지게 만드는 게 가장 어려운 과제였죠." 게다가 퀴디치는 원래 위험한 스포츠다. 몰이꾼 조지 위즐리가 〈마법사의 돌〉에서 해리에게 말해준 대로라면 '잔혹한' 스포츠다. "하지만 몇 년 동안 죽은 사람은 없어." 이 스포츠의 위험성은 퀴디치 경기에서 어둠의 세력을 비롯한 여러 인물에게 위장 공격을 할 수 있는 기회를 준다. 〈마법사의 돌〉에서 퀴럴 교수는 해리를 님부스 2000에서 떨어뜨리려고 저주 마법을 건다. 이 때문에 수색꾼 해리는 헤르미온느 그레인저가 도와줄 때까지 공중에 매달려 있어야 했다. 집요정 도비가 손을 댄 불량 블러저는 〈비밀의 방〉에서 해리를 공격해 그의 팔을 부러뜨린다.

〈해리 포터와 아즈카반의 죄수〉에 나오는 그리핀도르와 후플푸프의 퀴디치 시합은 이 스포츠에 새로운 차원을 더했다. 이 시합은 폭풍

위: 해리 포터가 슬리데린 수색꾼 드레이코 말포이에게 추격당하고 있다. 〈해리 포터와 비밀의 방〉의 한 장면.
왼쪽: 해리가 대부 시리우스 블랙에게 받은 선물인 파이어볼트 빗자루의 청사진.
7쪽: 애덤 브록뱅크가 〈해리 포터와 아즈카반의 죄수〉를 위해 그린 콘셉트 아트. 몰아치는 폭풍우 속 퀴디치 경기장을 보여준다.

우 속에서 열린다. 몰아치는 빗줄기가 선수들을 마구 두드리고 번개가 번쩍거리며 디멘터들이 경기장 위를 빙글빙글 돌아다닌다. 등장인물들은 흠뻑 젖은 것처럼 보이도록 몸을 적신 뒤 개별적으로 촬영했다. 배경 전체를 컴퓨터로 만들어야 했기 때문이다.

"[감독] 알폰소 쿠아론은 이 [시합]을 스포츠 경기보다는 디멘터들에 중점을 둔 것으로 만들고 싶어 했어요." 시각효과 감독 팀 버크는 말한다. 날씨도 안 좋고, 냉기에 안경에는 김이 서리기 시작했지만, 해리는 스니치를 발견하고 구름 속까지 쫓아간다. 어느새 혼자가 된 해리는 디멘터들에게 공격당한다. "이제는 해리와 디멘터의 대결이 되죠." 버크는 말을 잇는다. "이렇게 한 차원 더해진 장면으로 시퀀스 전체에 흥분감이 더해집니다." 해리는 소름 끼치는 마법 생명체들의 영향으로 땅에 떨어지고 님부스 2000 빗자루는 산산조각 난다.

〈해리 포터와 불의 잔〉은 제422회 퀴디치 월드컵으로 시작한다. 하지만 호그와트의 퀴디치 경기는, 위험천만한 트라이위저드 대회가 수백 년 만에 호그와트에서 다시 열리면서 취소된다. 다른 두 마법 학교가 참가하는 트라이위저드 대회는 시시때때로 볼드모트의 추종자들의 방해를 받는다. 이들은 이미 해리가 호그와트의 대표 선수 중 한 명으로 뽑히게 만들었다. 해리는 대회의 세 가지 과제를 완수하지만(이때 해리의 빗자루 비행 기술이 용과의 대결에서 중요한 요소가 된다) 그가 거둔 승리는 이미 계획된, 어둠의 왕과의 지팡이 결투로 이어진다.

호그와트의 퀴디치 경기는 〈해리 포터와 혼혈 왕자〉에 다시 등장한다. 하지만 이번에는 위험보다는 재미가 강조된다. "우스꽝스러운 퀴디치는 한 번도 시도한 적이 없습니다." 감독 데이비드 예이츠는 말한다. 이런 희극성의 상당 부분은 그리핀도르 퀴디치 선수 선발전에 참가한 엄청나게 주눅 들어 있는 론 위즐리에게서 비롯한다. 예이츠는 말한다. "론의 퀴디치 실력은 형편없습니다. 하지만 가장 큰 문제는 두려움 때문에 꼼짝도 못한다는 점이죠. 두려움에 발목이 잡힌 사람은 잘할 수 있는 것도 못하게 됩니다. 그러니 론이 참 안됐죠." 론 위즐리가 퀴디치를 좋아한다는 사실은 처음부터 분명하게 드러난다. 마침내 그는 스타 선수가 된다. 그가 〈마법사의 돌〉에서 해리에게 말했던 그대로다. "퀴디치는 멋진 스포츠야. 세상에 존재하는 가장 멋진 스포츠라고!"

CHAPTER 1

퀴디치

"쿼플이 던져지면서
경기가 시작됐습니다!"

리 조던, 〈해리 포터와 마법사의 돌〉

마법사 세계의 인기 스포츠인 퀴디치는 〈해리 포터〉 스토리에서 중요한 역할을 한다. 퀴디치 경기에서 이기려면 3개의 골대 중 한 곳에 퀴플을 넣어서 점수를 최대한 높이 올리거나 골든 스니치를 잡아야 한다. 퀴디치 팀은 퀴플로 점수를 올리는 추격꾼 3명, 상대 팀에게 블러저 공을 치거나 상대 팀의 블러저를 막아내는 몰이꾼 2명, 골대를 지키는 파수꾼과 골든 스니치를 잡는 수색꾼 각 1명의 총 7명으로 구성된다. 해리의 빗자루 비행 재능은 〈해리 포터와 마법사의 돌〉에서 드레이코 말포이가 던진 리멤브럴을 공중에서 잡아챌 때 처음 드러나는데, 가히 천부적인 이 소질로 해리는 퀴디치 팀의 수색꾼이 된다. 론 위즐리에 의하면 호그와트 퀴디치 역사상 "100년 만의 최연소 수색꾼"이다. 해리는 퀴디치 재능이 뛰어나지만 첫 경기에서는 골든 스니치를 입으로 잡는다. 이 사건은 영화 전체 내용에서 중요한 역할을 하는데, 그 이유는 영화 마지막 편에서야 밝혀진다.

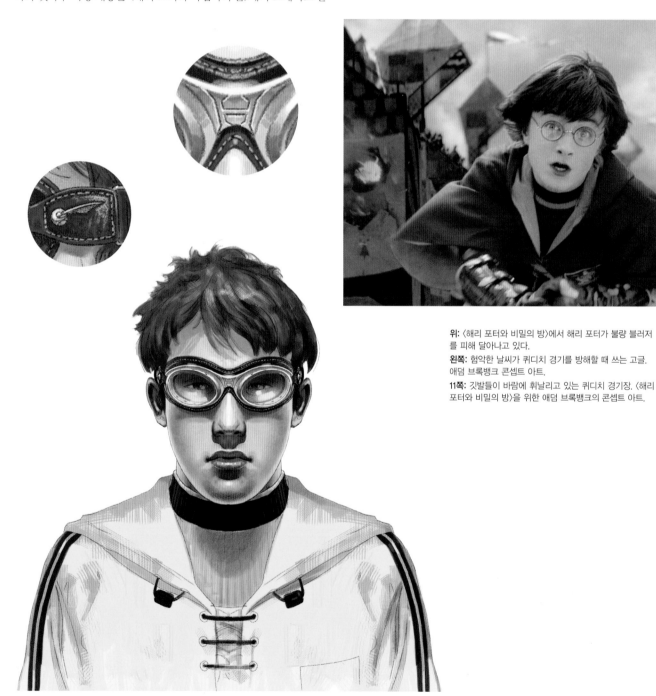

위: 〈해리 포터와 비밀의 방〉에서 해리 포터가 불량 블러저를 피해 달아나고 있다.
왼쪽: 험악한 날씨가 퀴디치 경기를 방해할 때 쓰는 고글. 애덤 브룩뱅크 콘셉트 아트.
11쪽: 깃발들이 바람에 휘날리고 있는 퀴디치 경기장. 〈해리 포터와 비밀의 방〉을 위한 애덤 브룩뱅크의 콘셉트 아트.

퀴플과 블러저

"블러저라고, 위험한 놈이지"

올리버 우드, 〈해리 포터와 마법사의 돌〉

퀴플은 농구공과 축구공이 혼합된 형태와 비슷하다. 프로덕션 디자이너 스튜어트 크레이그는 모든 퀴디치 장비의 콘셉트 아트를 만들고 크기(퀴플의 경우 지름 약 18센티미터)와 질감을 고안했다. 이어 디자인이 승인되면 소품 팀이 실제로 쓸 수 있는 스포츠 장비를 만들었는데, 영화를 위해 만든 4개의 퀴플은 발포 폼을 붉은 가죽으로 감싼 형태다. 실밥을 감춘 공 양옆에는 세월에 바래고 긁힌 호그와트 로고가 새겨져 있다.

작고 검은 몸체를 가진 블러저는 퀴플보다 훨씬 무거우며, 빠르고 단단하고 위험하다. 몰이꾼들은 이것을 짧은 나무 방망이로 친다. 크리켓 경기에 쓰는 특수 팔 보호대인 '베이'는 퀴디치 선수 유니폼의 중요 안전 장치다. 베이는 어깨부터 손목까지를 감싼다. 세월이 흐르면서 선수들의 플레이가 격렬해질수록 유니폼은 패딩을 덧대고 심지어 헬멧도 추가한다.

퀴디치에서 쓰는 공은 모두 공중을 날아다니면서 고유한 소리를 낸

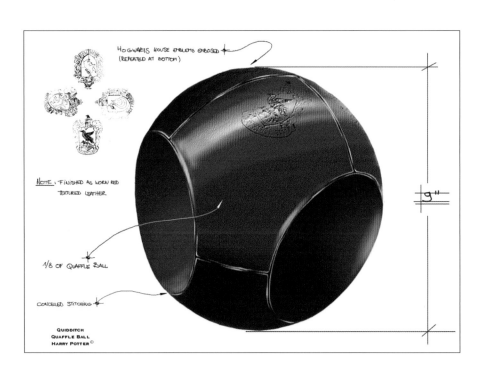

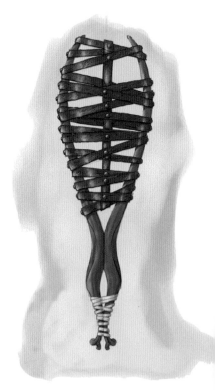

다. 쿼플은 경기에서 가장 큰 공인만큼 선수가 잡거나 때리면 큰 소리를 낸다. 블러저의 소리는 그리핀도르 주장 올리버 우드가 "위험한 놈"이라고 말한 것을 참고해, 사운드 디자인 팀에서 성난 동물이 맞았을 때 내는 소리를 생각하며 만들어 냈다.

12쪽 위 왼쪽부터: 블러저, 블러저 방망이, 쿼플, 팔 보호대, 또 다른 블러저의 콘셉트 디자인.
12쪽 왼쪽 아래: 쿼플의 최종 형태 비주얼 개발 그림. 공 위에 호그와트 로고가 새겨져 있다.
12쪽 오른쪽 아래: 손 방망이, 모든 용품은 스튜어트 크레이그가 디자인하고 거트 스티븐스가 그렸다.
왼쪽 위와 아래: 후치 선생(조이 워너메이커)이 호그와트 쿼디치 대회의 심판을 보며 첫 번째 쿼플을 던져 올리고 있다.
아래: 쿼디치 용품을 담는 트렁크 콘셉트 스케치. 가만히 있지 못하는 블러저가 사슬에 고정되어 있다.

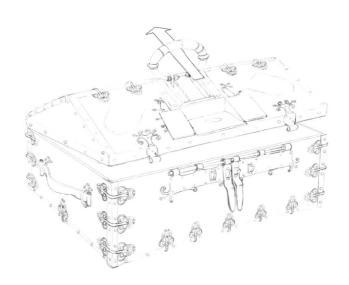

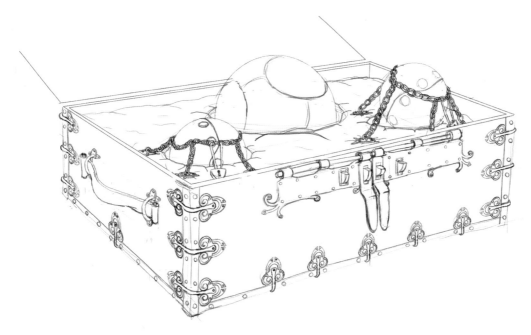

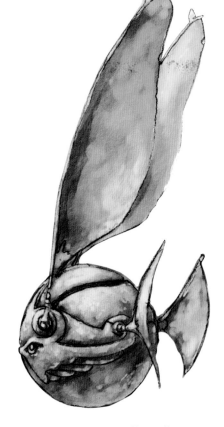

골든 스니치

"네가 신경 써야 할 건 이것뿐이지. 골든 스니치야."

올리버 우드, 〈해리 포터와 마법사의 돌〉

놀라운 속도로 퀴디치 경기장을 날아다니는 골든 스니치는 날개를 사납게 파닥거리며 위로, 아래로, 옆으로 정신없이 움직여서 수색꾼들을 피한다. 제작진은 골든 스니치를 공기 역학적 형태로 만들기 위해 날개와 몸체의 다양한 디자인을 연구했다. 어떤 것은 나방의 날개 같고, 어떤 것은 갈빗대가 가로 또는 세로로 뻗은 돛 모양이었다. 어떤 골든 스니치는 물고기 지느러미 같은 키를 달기도 했다. 호두만 한 크기의 골든 스니치 몸체도 여러 가지 모양을 시험했지만, 최종적으로 결정된 디자인은 아르누보 양식 몸체에 갈빗대가 있는 돛 모양의 얇은 날개가 달린 형태였다. 날개를 접고 펼치는 방식도 중요했다. 스튜어트 크레이그가 말한다. "이론적으로 날개는 몸체에 새겨진 홈에 쏙 들어가서 스니치 전체가 동그란 공 모양이 되어야 했어요." 소품 팀은 여러 형태의 골든 스니치를 구리로 전기 주조해서 금을 씌웠다. 하지만 그 작고 아름다운 공이 날아다니게 만든 것은 특수효과 팀이고, 거기에 벌새 같은 소리를 입힌 것은 사운드 디자인 팀이었다. 필요할 때면 컴퓨터 아티스트들은 골든 스니치가 해리의 안경에 비친 모습을 만들어서 보다 완벽한 영상을 만들어 냈다.

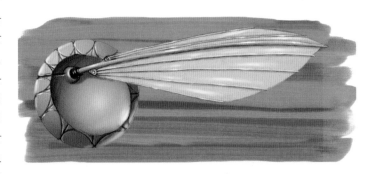

맨 위, 중간: 진정한 주인공을 위한 주인공 소품. 〈해리 포터와 마법사의 돌〉에서 골든 스니치의 날개와 방향키의 생김, 또 날개가 접히는 모습을 다양하게 탐색하는 거트 스티븐스의 비주얼 개발 그림.
아래: 〈해리 포터와 마법사의 돌〉에 나오는 골든 스니치.
15쪽: 골든 스니치의 최종 형태.

사용자: 후치 선생, 퀴디치 팀들

영화 속 등장: 〈해리 포터와 마법사의 돌〉, 〈해리 포터와 비밀의 방〉, 〈해리 포터와 아즈카반의 죄수〉, 〈해리 포터와 혼혈 왕자〉, 〈해리 포터와 죽음의 성물 2부〉

퀴디치 경기장

〈해리 포터와 마법사의 돌〉에서는 많은 사람들이 기대하던 마법사 스포츠, 퀴디치 경기가 처음으로 선보인다. 스튜어트 크레이그는 "그곳을 퀴디치 경기장이라고 부르지만, 실제로 거기서 경기를 하지는 않아요"라고 말한다. "경기는 공중에서 이뤄지죠. 경기장은 출발 지점일 뿐이에요. 그래서 어떻게 만들어야 선수들은 공중에서 경기하고 관중들은 경기장에서 관전하는 모습이 어색하지 않을까 하는 것이 관건이었어요." 크레이그는 여러 가지 아이디어를 메모하다가 관중들이 공중에서 벌어지는 경기를 보려면 탑을 세우는 편이 좋겠다는 사실을 깨달았다. "관객석은 2개의 층을 이뤄요. 비싼 좌석은 탑에 위치하고, 싼 좌석은 지상에 있어요. 그러자 경기장이 아주 독특한 모습이 되었죠. 낮은 관중석과 높은 탑들이 이중의 원을 이뤄요." 그는 호그와트가 광대한 숲가에 있기 때문에, 경기장은 숲의 나무로 지었을 거라고 추론했다. 탑들은 4개의 퀴디치 팀들이 속한 기숙사 색깔을 띤다. 성의 역사가 오래된 만큼 경기장에 중세 마상 창 경기의 느낌을 담기 위해 중세 느낌의 깃발들을 달았다.

크레이그가 설명한다. "경기장이 거대해서 스튜디오 내의 어떤 공간에도 들어갈 수 없었어요. 뒷마당에는 들어갈 수 있었지만 그건 소용없었죠. 배경이 스코틀랜드 고원 지대가 되어야 했으니까요. 물론 스코틀랜드에 경기장을 지으려면 비용도 불편도 엄청날 것이 분명했죠, 그래서 경기장은 '거의 모두 컴퓨터로 만든' 최초의 세트 중 하나예요." 하지만 실제 연기 장면을 찍기 위해서 골대 기지한 곳과 지상 관객석, 그리고 탑 꼭대기 한 곳 등의 일부 세트는 실물로 만들어졌다.

시리즈가 계속되고 선수들이 성장하면서 경기는 점점 격렬해지고, 〈해리 포터와 아즈카반의 죄수〉에서는 디멘터와 악천후가 문제를 일으킨다. 〈해리 포터와 혼혈 왕자〉에서 크레이그는 그가 '슈퍼딜럭스 퀴디치'라고 이름 붙인 경기를 위해 경기장을 다시 만들었다. 배경의 산이 더 가까워지고, 주변 초원은 작아졌다. 더 높고 많아진 탑은 결과적으로 간격이 촘촘해졌고, 관중석은 단순한 상자 모양에서 층이 진 스탠드로 변했다. 크레이그는 "경기장도 더 멋지고 웅장해졌다"고 말하며 한마디를 덧붙였다. "그리고 이제는 론이 경기를 하죠." 데이비드 예이츠 감독은 영화 속 마지막 퀴디치 경기를 '코미디 퀴디치'로 만들고자 했다. "탑을 더 많이 세우자 선수들이 그 안팎을 더 자주 누빌 수 있었고, 더 많은 것들이 횡횡 지나가면서 속도감을 높였어요. 그래서 정말로 변화가 필요했죠." 크레이그가 말한다.

론 위즐리는 퀴디치 경기 데뷔를 하기 전에 입단 테스트와 연습 경기를 치르는데, 크레이그는 그 장면에서 경기장의 모습을 바꾸었다. "테스트와 연습 경기에는 화려한 장식이 필요 없어요. 그래서 그때는 경기장을 목재 골조 형태로 바꿨죠." 〈해리 포터와 죽음의 성물 2부〉에서는 안타깝게도 볼드모트의 추종자들이 퀴디치 경기장을 불태우는 장면이 나온다.

16~17쪽, 왼쪽 위부터 시계방향으로: 해리 포터가 슬리데린과의 퀴디치 경기에서 스니치를 잡으려고 손을 뻗는 모습./경기장에 입장하는 두 팀./스튜어트 크레이그의 관중석 스케치.

18~19쪽, 왼쪽 위부터 시계방향으로: 영화로 촬영되지 않은 장면 그림(앤드루 윌리엄슨)./퀴디치 경기장 콘셉트 아트./해리와 드레이코가 골든 스니치를 추격하는 모습 그림(애덤 브록뱅크)./영화 속의 퀴디치 경기장은 책과는 달리 각 기숙사의 색깔로 장식되었다./관중석에서 관전하는 교수들.

"우리 임무는 네가 심하게 다치지 않도록 하는 거야.
그래도 장담은 못해. 퀴디치는 격렬하거든."

조지 위즐리, 〈해리 포터와 마법사의 돌〉

퀴디치 유니폼

퀴디치 유니폼을 디자인한 주디애나 매커브스키는 〈해리 포터와 마법사의 돌〉과 〈해리 포터와 비밀의 방〉에서 '마법이 있는 학원 드라마'의 원칙 아래 영원함과 친숙함을 결합시키려고 했다. 선수들은 기숙사 상징 색깔로 만든 깃 없는 스웨터를 입고, 그 위에 호그와트 교복 로브와 비슷하지만 끈으로 여미는 가운을 입었다. 하얀 바지는 펜싱복과 약간 비슷하고, 팔다리의 보호대는 19세기 크리켓과 폴로 경기를 연상시킨다. 다리 보호대는 두꺼운 가죽으로 만들고 안쪽에 범포 천을 댔는데, 특히 무릎 부분은 부드러운 가죽 커버에 솜을 대서 누비고 뒤쪽에 버클을 달았다. 매커브스키는 이렇게 회고한다. "우리는 마법사 가운을 입힐지 말지를 두고 오랫동안 토론했습니다. 아무래도 가운이 펄럭이면 멋져 보이고 또 책에도 그렇게 나오니까요."

영화 내용이 어두워지고, 퀴디치 경기가 거칠어지면서 유니폼 디자인도 바뀌었다. 〈해리 포터와 아즈카반의 죄수〉에서 자니 트밈은 오늘날의 어린이 스포츠 팬들에게 좀 더 친숙한 형태로 복장을 바꾸고자 했다. 퀴디치 경기가 폭풍 치는 날 벌어진 점을 감안해서 천을 방수 나일론으로 선택하고, 현대적 느낌의 고글을 더했다. 또 로브의 등에 줄무늬와 등 번호를 넣었다. 하지만 번호 자체에는 별다른 의미가 없었다. 그런데 경기가 빨라지고 수비가 강해지면서, 편리와 안전을 위해 하니스를 장착한 채 그린스크린 앞에서 빗자루를 타고 연기하는 배우들의 유니폼 디자인을 다시 변경해야 했다. 망토에 가려 보이지 않지만, 빗자루에는 자전거 안장과 비슷한 안장이 달리고, 옷 솔기에는 보강 천이, 엉덩이 부분에는 패딩이 덧대어졌다.

〈해리 포터와 혼혈 왕자〉에는 데이비드 예이츠 감독이 '코미디 퀴디치'라고 부르는 장면이 나온다. 론 위즐리가 선발 테스트를 받고 그리핀도르 팀에 합류했기 때문이다. 퀴디치 테스트에서 학생들은 트밈이 만든 연습복을 입는데, 회색 모자 위에 민소매 덧옷을 걸친 것으로, 이때는 특정 포지션을 알리는 등 번호를 새겼다. 트밈

영화 속 등장: 〈해리 포터와 마법사의 돌〉, 〈해리 포터와 비밀의 방〉, 〈해리 포터와 아즈카반의 죄수〉, 〈해리 포터와 불의 잔〉, 〈해리 포터와 혼혈 왕자〉

왼쪽: 자니 트밈이 변경한 퀴디치 운동복은 1930년대 미식축구 유니폼을 토대로 팔다리의 보호대를 더 튼튼하게 만들었다.
오른쪽: 그리핀도르 로브 의상(2학년) 참고 사진.
21쪽 위 왼쪽: 그리핀도르 주장 올리버 우드(숀 비거스태프).
21쪽 위 오른쪽: 자니 트밈이 〈해리 포터와 혼혈 왕자〉에서 디자인한 퀴디치 연습복, 로랑 귄치 스케치.
21쪽 아래: 〈해리 포터와 비밀의 방〉에서 슬리데린과 그리핀도르의 충돌 장면.

"퀴디치는 격렬하거든."
"그래도 요샌 죽은 앤 없었어."

조지와 프레드 위즐리,
〈해리 포터와 마법사의 돌〉

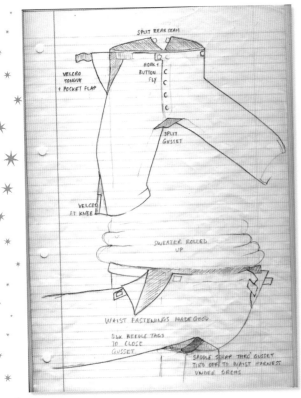

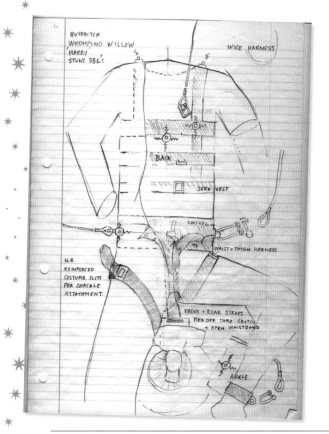

이 말한다. "각 번호는 선수들의 포지션, 그러니까 몰이꾼인지 수색꾼인지 파수꾼인지를 나타내요. 테스트에서는 자기가 원하는 포지션의 번호를 달 수 있죠." 파수꾼은 2번, 수색꾼은 7번이다. 경기 중에는 어깨, 팔, 다리에 보호대를 부착한 가벼운 유선형 덧옷을 모직 스웨터 위에 입었다. 보호대는 물에 적셔서 틀로 찍어낸 가죽으로 만들었다. 접합 부위가 많은 안전 장비를 디자인할 때는 특별히 주의를 기울였다. 복잡한 스턴트 동작을 하는 동안 보호대가 서로 엉키면 안 되기 때문이다. 틀은 의상 제작자 스티브 킬이 퀴디치 테스트 장면에 나오는 수십 벌의 유니폼을 만드는 데 도움이 되었다. 이것들은 합성 발포고무로 만들었다. 유니폼에 추가된 헬멧은 초기 미식축구 장비를 토대로 만들었다. 트밈은 슬리데린 가운에 전투적인 느낌을 더하기 위해, 이전의 유니폼들보다 녹색을 더 어둡게 하고, 은색 줄무늬와 검은 별을 추가했다. 그리고 이들의 로브에 반짝이는 안감을 대서 더욱 호화로운 느낌을 주었다.

퀴디치 유니폼의 비례도 캐릭터에 따라 다르게 했다. 그리핀도르 파수꾼 론 위즐리 역의 배우 루퍼트 그린트와 그와 경쟁하는 파수꾼 코맥 매클래건 역의 프레디 스트로머는 체구가 거의 같았다. 하지만 제작진은 스트로머가 더 커 보이는 편이 좋다고 생각했다. 그래서 스트로머의 어깨 보호대를 키우고, 운동복 앞뒤에 천을 덧대서 몸이 더 커 보이게 했다. 반대로 론은 여기서도 옷을 물려 입기 때문에 운동복을 작게 만들고 사포로 가죽과 끈을 문질러 닳아 보이게 했다.

그리고 시리즈에서 처음으로 학생들이 응원할 때 입을 옷을 만들었다. 이 옷은 각 기숙사 색깔 위에 호그와트 문양을 새긴 단순한 티셔츠와 모자 달린 트레이닝복 상의, 그리고 회색과 검은색의 트레이닝복 바지로 이루어졌다.

왼쪽 위와 아래: 착용감을 편하게 하기 위해 다시 디자인한 퀴디치 의상과 스턴트맨들의 장비 착용 방법을 설명한 그림들. **위 오른쪽:** 〈해리 포터와 아즈카반의 죄수〉에 나오는 후플푸프 운동복. 로랑 귄치 스케치. **23쪽 위:** 〈해리 포터와 혼혈 왕자〉에 나오는 슬리데린과 그리핀도르의 새 연습복은 좀 더 공격적인 경기를 위해 디자인되었다. 마우리시오 카네이로 그림.
23쪽 아래 왼쪽: 블루스크린 경기장 앞에 서 있는 프레디 스트로머와 루퍼트 그린트. **23쪽 오른쪽 중간:** 지니, 해리, 헤르미온느는 경기 전에 론의 긴장을 풀어주려 한다.
23쪽 오른쪽 아래: 경기 후 축하 모임. 트밈이 〈해리 포터와 혼혈 왕자〉에서 새로 만든 응원 티셔츠가 보인다. **24~25쪽:** 골든 스니치를 쫓는 해리와 드레이코. 애덤 브록뱅크 아트워크.

빗자루 추격전

마법사 세계를 배경으로 한 이야기에 끊임없이 나오는 소품이 하나 있다면 하늘을 나는 빗자루일 것이다. 해리 포터는 빗자루 타기를 배우면서 마법사 세계에 정식으로 들어가게 되고, 마법사들의 인기 스포츠인 퀴디치를 잘하게 되면서 그들에게 사랑받고 또 그들을 사랑하게 된다. 하지만 콘셉트 아티스트, 디자이너, 소품 제작자 들은 이 익숙한 사물을 새롭게 만들어야 했다.

〈해리 포터와 마법사의 돌〉에서 호그와트 신입생들이 처음 비행을 배울 때 사용하는 빗자루는 학교만큼이나 오래된 듯 여기저기 옹이가 있고 구부러졌으며 지저분하다. 하지만 빗자루의 생김은 중요하지 않다. 중요한 건 빗자루를 탄 사람의 비행 기술이고, 해리는 처음부터 뛰어난 재능을 보인다. 〈해리 포터〉 이야기 속에서 해리는 빗자루를 얻거나 잃을 때마다 그의 캐릭터와 인간관계를 발전시킨다. 〈해리 포터와 마법사의 돌〉 중 첫 번째 비행 수업에서 해리의 비행 재능을 알아본 맥고나걸 교수는 그가 그리핀도르 퀴디치 팀의 새 수색꾼이 되었을 때 최고의 빗자루인 님부스 2000을 선물하고, 〈해리 포터와 아즈카반의 죄수〉에서 경기를 하던 중 해리가 디멘터 때문에 빗자루를 잃자 시리우스 블랙은 훨씬 더 좋은 빗자루인 파이어볼트를 선물한다. 대부가 선물한 파이어볼트는 두 사람이 새로 맺은 애정 어린 관계를 상징한다.

님부스 2000이나 파이어볼트는 유선형 구조와 깔끔한 솔을 갖춘 정교한 모습이다. 피에르 보해나가 말한다. "그건 그냥 아이들이 들고 다니는 소품이 아니었어요. 그 위에 타야 했으니까요. 비행 장면을 찍기 위해 빗자루를 모션컨트롤 토대에 올려놓고 이리저리 뒤틀고 돌려야 했기 때문에 가늘면서도 강해야 했습니다." 가벼우면서도 튼튼한 빗자루를 만들기 위해 중심에 항공기급 타이타늄이 사용됐고 그 위에 마호가니 나무가 씌워졌다. 솔 부분에는 자작나무 가지가 사용됐는데, 좋은 빗자루일수록 가지가 매끄러웠다. 빗자루를 더욱 편안하게 탈 수 있도록 3편인 〈해리 포터와 아즈카반의 죄수〉에서는 빗자루에 발을 걸 페달을 달고, 퀴디치 유니폼으로 가려지는 부분에 자전거 안장을 올렸다. (그리고 유니폼 바지의 엉덩이 부분에 패딩을 덧댔다.) 빗자루 위의 자전거 안장은 특별히 주조되었다. 시각효과 책임자 존 리처드슨은 "배우 한 명 한 명이 자기 빗자루 위에 앉아 비행 자세를 잡으면, 그 엉덩이 모양을 그대로 떠서 빗자루에 장착했"다고 설명한다. "그래서 빗자루를 타는 사람들은 자기 빗자루뿐 아니라 자기 안장도 가지게 되었죠."

26쪽: 님부스 2000을 들고 있는 대니얼 래드클리프(해리 포터)와 님부스 2001을 들고 있는 톰 펠턴(드레이코 말포이)의 〈해리 포터와 비밀의 방〉 홍보용 사진.

26쪽 배경: 〈해리 포터와 혼혈 왕자〉에서 쓰인 빗자루 스케치. 어맨다 레가트와 마틴 폴리가 그렸다.

위: 파이어볼트 빗자루.

아래: 콘셉트 아티스트 더멋 파워는 〈해리 포터와 아즈카반의 죄수〉를 위해 그린 그림에서, 파이어볼트 빗자루 손잡이에 주문과 관련된 상징을 새기자고 제안했다.

퀴디치 촬영

퀴디치 장면을 찍기 전에는 늘 퀴플을 던져 득점하는 동작부터 상대 팀을 향해 블러저를 날려 보내는 동작, 골든 스니치를 추격하는 동작 등 모든 움직임을 신중하게 계획했다. 일단 움직임을 계획하고 나면 스턴트 감독 그레그 파월과 스턴트 팀원들이 연습을 통해 각각의 동작이 합리적인지, 안전하게 수행할 수 있는지 확인했다. 경기 진행이 확정되고 나면 시각효과 팀이 '프리비즈'라는, 사전시각화pre-visualization된 애니메이션 형태의 경기를 만들었다. 프리비즈는 특수효과 팀이 화면상에 보이는 장면을 만들기 위해 합성해야 하는 모든 요소를 결정하도록 도와준다. 이런 요소에는 선수들 말고도 팬들이 있는 퀴디치 경기장 관중석과 스코틀랜드 하일랜드의 배경, 블러저, 퀴플, 스니치 등이 포함된다.

퀴디치 장면은 천장부터 바닥까지 파란색 소재로 뒤덮인 실내에서 촬영됐다. 프리비즈 단계에서 각 선수의 동작 목록이 작성되었고, 이런 동작이 하나씩 하나씩 카메라에 담겼다. 일단 촬영장 바닥을 에어백과 패드(물론 파란색)로 뒤덮고 나면 배우들이 하니스에 몸을 묶고 빗자루에 앉는다. 그런 다음, 떨어질 위험이 없도록 몸을 고정한다. 이 모든 과정을 거친 뒤 배우들은 촬영될 위치로 들어 올려져서 연기하

거나 주변 움직임에 따라 반응한다. 일부 퀴디치 장면은 너무 복잡해서(한 장면에 2~14명의 선수가 등장하는 장면들이 그렇다) 촬영에 1~2주가 걸릴 수도 있었다. 시각효과를 통해 장면을 마무리하는 데도 시간이 더 필요했다. 화면에는 5분, 심지어 5초밖에 등장하지 않더라도 말이다.

영화의 첫 몇 편에서, 대니얼 래드클리프는 배우들이 퀴디치 경기의 비행 장면을 촬영할 때 보통 약 2.5미터 지점까지 들어 올려졌을 거라고 추정한다. 하지만 〈해리 포터와 마법사의 돌〉에 나오는 어떤 스턴트 장면을 촬영할 때 대니얼은 그 세 배 높이인 6.5미터 지점까지 들어 올려졌다. 해리가 첫 번째 퀴디치 경기를 할 때 퀴리누스 퀴럴 교수는 해리의 빗자루에 저주를 건다(해리, 론, 헤르미온느는 주문을 건 사람이 세베루스 스네이프라고 생각했지만). 해리는 빗자루에 매달려 있으려고 애를 썼고, 따라서 대니얼 래드클리프도 공중에 매달려 있었다. 대니얼은 기억한다. "저는 커다란 에어백을 밟고서 빗자루에 와이어로 연결돼 있었어요. 그랬더니 사람들이 저를 그 위로 끌어 올렸죠. 끝내줬어요!"

배우들이 자라면서 키도 커지자 6미터 지점까지 끌어 올려진 다음

블루스크린을 배경으로 촬영했다. 빗자루를 '날게' 만드는 데는 와이어 외에도 한 가지 장치가 더 필요했다. 빗자루에 탄 배우는 블루스크린 소재로 뒤덮인 높은 장치 위에 앉아 있었다. 이 장치는 해당 장면을 위해 미리 계획된 필수적 움직임을 수행하도록 프로그램되어 있어서, 결정된 행동에 따라 기울어지거나 회전했다. 배우들은 역시나 안전하게 묶여 있었으므로, 장치가 위아래로 뒤집힌다 해도(실제로 이런 동작을 할 수 있었다) 안전했다. 이런 동작을 촬영하는 카메라는 배우들이 '날아다니는' 동안 그 주변을 '날아다니도록' 프로그램되었다.

사람들은 퀴디치 장면을 무척 기대했고, 배우들은 퀴디치 경기 장면이나 빗자루를 타고 날아다니는 장면을 어떻게 촬영했는지 말하지 말라는 지시를 받았다. 제임스와 올리버 펠프스(위즐리 쌍둥이인 프레드와 조지를 연기했다)는 이에 관한 질문을 받을 때마다 배우들이 빗자루를 타고 스카이다이빙을 하거나, 비행기 뒤쪽에 묶어둔 밧줄에 매달려서 퀴디치 장면을 촬영했다고 말하곤 했다.

28쪽: (왼쪽부터) 프레디 스트로머(코맥 매클래건), 대니얼 래드클리프(해리 포터), 보니 라이트(지니 위즐리)가 '액션' 신호를 기다리고 있다. 이들의 빗자루는 〈해리 포터와 혼혈 왕자〉 촬영을 위해 특별히 준비한 블루스크린 방의 컴퓨터화된 기계 장비 위에 얹혀 있었다.
위와 아래: 컴퓨터그래픽 및 세트장과 결합된 최종 퀴디치 장면. 퀴디치 수색꾼 드레이코 말포이(톰 펠턴)와 해리 포터(대니얼 래드클리프)는 블루스크린 방의 기계장치 위에서 〈해리 포터와 비밀의 방〉의 첫 경기 장면을 촬영했다.

왼쪽과 위: 대니얼 래드클리프가 〈해리 포터와 불의 잔〉에 나오는 빗자루 비행 스턴트 장면을 촬영하고 있다. 이 장면에서는 해리의 퀴디치 기술이 승리의 핵심이었다.
아래: 〈해리 포터와 혼혈 왕자〉에서 루퍼트 그린트(론 위즐리)가 퀴디치 경기 동작을 촬영하고 있다.

영화를 촬영하는 동안 기술이 발전하면서 퀴디치 경기 중에도 더 거창하고 대담한 스턴트를 선보일 가능성이 생겼다. 이런 기술 발전의 한 가지 사례는 와이어 그리드 시스템이다. 이에 따라 블루스크린방 천장에는 와이어 그리드가 추가되었다. 이 시스템을 활용하면 수평, 수직 움직임은 물론 비스듬한 움직임도 추가할 수 있었다. 뿐만 아니라 이 시스템은 빗자루를 탄 움직임이 매끄럽건 그렇지 않건 간에 움직임을 더 자연스럽게 보이도록 하는 데 도움을 주었다. 〈해리 포터와 혼혈 왕자〉의 퀴디치 비행 장면을 위해 새로운 장비들이 특별히 만들어졌다. 하나는 수평으로나 수직으로나 360도 회전힐 수 있으며 위아래로, 앞뒤로 동시에 움직일 수 있는 매우 크고 강력한 모션베이스였다. 특수효과 감독 존 리처드슨은 말한다. "이 장비는 한쪽으로 회전한 다음 다른 쪽으로 회전하고, 위아래로 움직일 수 있었습니다. 보기에는 훌륭하지만, 점심 먹은 직후라면 안 하고 싶네요." 더 대담한 스턴트를 위해, 서커스에서 활용하는 단 위에 설치된 커다란 금속 그네 사람이 말 그대로 날아갈 수 있게 해주었다. 이른바 '러시아 그네'라는 이 그네는 앞뒤로 움직이면서, 빗자루를 탄 스턴트 연기자가 포물선의 정점에서 공중으로 뛰어올라 블루스크린 세트장을 높이 7미터,

거리 12미터 '날아가면서' 자유 낙하하는 모습을 카메라가 담을 수 있도록 해주었다.

컴퓨터로 만들어 낸 디지털 대역 배우들 덕분에 장치로는 불가능한 스턴트 연기도 더 안전하게 할 수 있었다. 시각효과 감독 팀 버크는 말한다. "컴퓨터 안에서는 모든 걸 할 수 있습니다. 배우가 연기할수 없는 경기 내 동작들도 컴퓨터로 만든 배우들은 해낼 수 있죠." 시각효과 제작자들은 디지털 대역 배우를 만들기 위해 비디오그래머트리videogrammetry라는 기술을 활용했다. 네 대의 카메라가 의자에 앉은 배우를 비춘다. 두 대는 배우 앞에 놓아서 한 대로는 아래쪽을, 한 대로는 위쪽을 찍고 나머지 두 대는 배우의 양옆에 둔다. 배우의 얼굴에 68개의 추적용 마커를 부착해 얼굴의 형태와 피부 질감을 기록한다. 그런 다음 컴퓨터 아티스트들이 이 모든 정보를 조합해 닮은 인물을 만들어 낸다. 가끔은 그 결과가 너무 현실적이어서 시각효과 팀원들조차 자신들이 보고 있는 것이 실제 배우인지, 디지털 대역인지 헷갈렸다.

마지막 몇 편을 촬영하는 동안 이루어진 그 밖의 디지털 기술 진보 덕분에 퀴디치는 그 어느 때보다도 흥미진진해졌다. 〈혼혈 왕자〉에서

는 선수들이 유니폼 망토를 걸치지 않고 촬영을 마쳤다. 유니폼은 촬영이 끝난 뒤 편집 과정에서 컴퓨터로 추가한 것이다. 망토는 펄럭거리고 배우의 몸을 획획 감싸도록 만들어졌으며, 보통은 선수들 뒤로 휘날리는 것처럼 표현되어 속도감을 더했다. 한편, 시각효과 아티스트들은 퀴디치 경기가 공중 카메라를 포함한 여러 대의 움직이는 카메라 앵글을 활용해서 머글 스포츠와 똑같은 방식으로 촬영된 느낌을 주고 싶어 했다. 이런 착각이 실제로 먹히도록 만든 한 가지 방법은 경기 도중 내린 눈송이가 동작을 추적하는 카메라 렌즈에 붙은 것처럼 보이게 한 것이었다.

〈해리 포터와 혼혈 왕자〉의 퀴디치 선수 선발전을 위해 스턴트 팀에서는 데이비드 예이츠 감독이 원했던 코미디 퀴디치의 새로운 동작들을 만들어 냈다. 충돌과 추락을 비롯한 스턴트 연기는 디지털 또는 실사로 펼친 연기의 참고 자료가 되었다. 퀴디치 경기에 추가된 또 한 가지 요소는 6학년이 되어 그리핀도르 팀의 파수꾼으로 합류한 론 위즐리였다. 스턴트 팀은 선수 선발전을 촬영하는 배우 루퍼트 그린트가 서툴게 보이도록 그에게 동시에 20개의 쿼플을 발사해 허둥거리게 만들었다. 덕분에 화면상에서 론이 전혀 재능 없고 통제력도 잃은 것으로 보인다.

위와 아래: 우천용 퀴디치 장비를 입은 해리 포터는 〈해리 포터와 아즈카반의 죄수〉의 끔찍한 경기에서 먹구름과 디멘터들을 마주친다.

퀴디치 월드컵

〈해리 포터와 불의 잔〉에서 호그와트 4학년이 된 해리는 위즐리 가족의 초대를 받아 제422회 퀴디치 월드컵 결승전을 보러 간다. 제작자데이비드 헤이먼은 말한다. "저는 마법사 세계가 머글 세계를 들이받는 순간을 좋아합니다. 그럴 때마다 우리가 어쩌면 보이지 않는 마법사들의 평행 세계와 나란히 살아가고 있을지 모른다는 기분이 들거든요." 〈불의 잔〉은 해리 포터의 팬들에게도, 해리 포터 자신에게도 더넓은 마법사 세계에 대한 시야를 키우게 해주었다. "호그와트는 고립된 마법학교가 아니라 여러 마법학교 중 하나입니다." 헤이먼은 말을 잇는다. "퀴디치도 호그와트에서만 하는 경기가 아니라, 1473년부터4년에 한 번씩 월드컵이 열렸을 만큼 국제적인 경기죠!"

수천 명의 마법사들이 이 행사에 참가해 거대한 경기장 밖에서 야영한다. 영화제작자들은 월드컵 개최지의 두 가지 중요한 조건을 염두에 두었다. 머글 세상에는 보이지 않아야 한다는 것과 규모 면에서 호그와트의 퀴디치 경기장을 훨씬 능가해야 한다는 것이었다. 이에 따라염탐꾼들의 눈길을 피해 숨길 수 있는 거대한 촬영지를 찾는 것이 어려운 과제가 되었다. 마이크 뉴얼 감독은 말한다. "우리는 실제 촬영지를 찾으려고 영국을 뒤졌습니다. 풍경 속의 일부로 설정해야만 그 규모를 이해할 수 있다고 느꼈거든요." 이때 탐색한 촬영지로는 런던 위쪽의 던스터블 다운과 이보다 남쪽에 있는 사우스다운스 국립공원은

물론 영국에서 가장 높은 백악질 해안 절벽인 비치헤드도 있었다. 그리고 퀴디치 월드컵은 비치헤드에서 열리게 되었다.

스튜어트 크레이그는 말한다. "비치헤드에는 환상적인 절벽과 끝없이 펼쳐진 드넓은 초원이 있습니다. 그래서 우리는 야영지를 이 거대하고 푸르른 초원에 두기로 했습니다. 절벽에는 연속적인 낙하지점이 두 곳 있고 그 사이에 고원이 있었어요. 마법사들이 그곳에서 야영할 수 있었습니다." 경사로가 가장 높은 곳까지 솟아오르는 곳에는 터널 입구가 여러 개 설치되었다. 크레이그는 설명한다. "그런 터널 입구들을 지나면 실제로 퀴디치 경기장 관중석으로 나오게 됩니다. 퀴디치 경기장이 꼭 비치헤드 꼭대기의 땅을 파고 만들어져서, 지나가는 사람들에게는 전혀 보이지 않는 것처럼 느껴지죠. 언덕배기의 이 터널들을 통해서만 들어갈 수 있는 겁니다." 이런 입구 중 하나는 말포이 가족이 자리를 찾아가던 위즐리 가족을 만나는 관중석 뒤편으로 이어진다. 이 모든 요소가 경기장에 완전한 지리적 특성과 논리를 부여한다.

원칙대로 〈해리 포터〉 영화의 제작자들은 디지털이 아닌 실사로무언가를 해낼 방법을 먼저 생각해 보았다. 뉴얼은 말한다. "저는 늘본능적으로 CG를 늘리기보다는 줄이게 됩니다. CG 비용이 어마어마하니까요. '서식스 대학교 학생 전체를 고용해서 다양한 의상을 걸치게 하고, 그들을 비치헤드로 실어 날라 현지에서 설정 숏을 찍으면 어

떨까? 디지털로 이 장면을 찍는 것보다는 그게 실제로 더 쌀 텐데' 하는 식이죠." 그런 다음에야 빗자루를 타고 날아다니는 마법사들과, 몇 층 높이는 되는 죽마를 타고 걸어 다니는 팀 마스코트들을 구현하는 일이 문제가 된다. "그러다가 그 장면을 CG로 찍게 되면, 일단 시작한 건 끝까지 하자는 마음을 먹게 되죠." 뉴얼은 말을 잇는다. "전체 장면을 CG로 처리하게 될지도 모릅니다. 그때는 기본적인 배경만 촬영하게 되죠."

스튜디오에 경기장 일부 구역을 짓기도 했다. 코닐리어스 퍼지가 경기 시작을 알리는 공식 박스석과, 처음에는 불가리아 응원단, 그다음에는 아일랜드 응원단이 앉아 있는 모습을 찍은 관중석 일부 구역이 그렇다. 해리와 위즐리 가족의 아이들이 경기를 관람하는 경기장 맨 위의 단도 마찬가지다.

경기장에서 떨어진 야영장에는 마법사 친구와 가족 들로 가득한 수천 채의 텐트들이 있다. 이런 텐트들에는 풍향계와 깃발, 굴뚝까지 달려 있다. 놀랍지도 않지만, 겉보기와는 전혀 다른 작은 텐트 안의 마법 숙소는 바깥에서 봤을 때와 크기가 전혀 다르다. 아서 위즐리의 텐트에는 거실과 부엌, 음식을 먹는 공간, 바닥 위에 떠 있는 침대들이 있다. 내부 가구는 갈색과 오렌지색이라는 위즐리의 색깔로 꾸며져 있지만, 꾀죄죄하고 낡았다. 세트 장식가 스테퍼니 맥밀런은 경매장에서 이런 가구들을 사다가 그대로 사용했다. 덕분에 텐트 내부는 버로보다도 더욱 복고적인 모습을 띠게 되었다.

비치헤드 야영장에서 쓰기 위해 인도 델리에서 400채의 텐트가 제작되었다. 이후 이 텐트들은 언덕 전체에 펼쳐진 25,000채의 텐트로 확장되었다. 경기 이후의 밤이 마무리되고 승자와 패자들이 모두 축하하고 있을 때, 죽음을 먹는 자들이 야영장을 공격해 텐트를 불태운다. 실제 텐트 400채가 실사 효과를 위해 불태워졌고, 그다음에는 시각효과 감독 지미 미첼이 컴퓨터로 나머지를 불태웠다.

퀴디치 국가대표 팀 유니폼은 호그와트 선수들이 입는 것과 비슷하다. 야영지에서는 중절모나 실크해트, 중세 시대의 뾰족한 광대 모자를 쓴 잡상인들이 기념품을 팔았다. 팬 복장을 보면 위즐리 가족 대부분은 아일랜드를 응원하는 게 분명하지만, 론과 해리는 불가리아를 응원하기 위해 빨간색과 검은색 옷을 입었다.

32~33쪽: 앤드루 윌리엄슨이 그린 콘셉트 아트. 아일랜드 퀴디치 월드컵 팀이 경기장에 등장하는 모습과 경기장의 개략적인 모습. 맨 위와 중간: 앤드루 윌리엄슨의 작품 속에서 끝없이 펼쳐진 텐트들이 언덕에 점점이 박혀 있다. 아래: 아서 위즐리의 텐트 내부. 35쪽 맨 위: 앤드루 윌리엄슨이 그린 퀴디치 월드컵 경기 그림. 35쪽 중간: 빅토르 크룸이 경기장에 투영되고 있다. 앤드루 윌리엄슨 작품. 35쪽 아래: 불가리아 수색꾼 빅토르 크룸의 빗자루.

사용자: 퀴디치 관중, 코닐리어스 퍼지 마법 정부 총리, 불가리아와 아일랜드 퀴디치 대표팀
촬영 장소: 잉글랜드 이스트 서식스 비치헤드
영화 속 등장: 〈해리 포터와 불의 잔〉

✦ 불가리아 수색꾼 ✦

해리 포터는 덤스트랭의 트라이위저드 대표 선수를 퀴디치 월드컵에서 처음 본다. 빅토르 크룸이 결승에 오른 불가리아 퀴디치 팀의 수색꾼이기 때문이다. 비주얼 개발 아티스트 애덤 브록뱅크가 〈불의 잔〉에 나오는 크룸의 빗자루를 디자인했다. 브록뱅크는 설명한다. "우리는 크룸에게 특별한 빗자루를 디자인해 주었습니다. 퀴디치는 아주 빠르게 진행되므로 관객은 이 빗자루를 알아보지 못할지도 모릅니다. 크룸의 빗자루는 대부분의 빗자루보다 유선형에 가까우며, 윗면이 납작하고 아랫부분에 발판이 삐죽 나와 있죠. 윗부분과 아랫부분은 색깔을 다르게 했습니다." 크룸의 등 번호는 7번이다. 〈해리 포터와 아즈카반의 죄수〉에서 수색꾼의 등 번호로 자리 잡은 번호다.

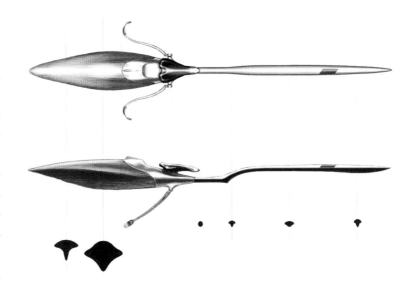

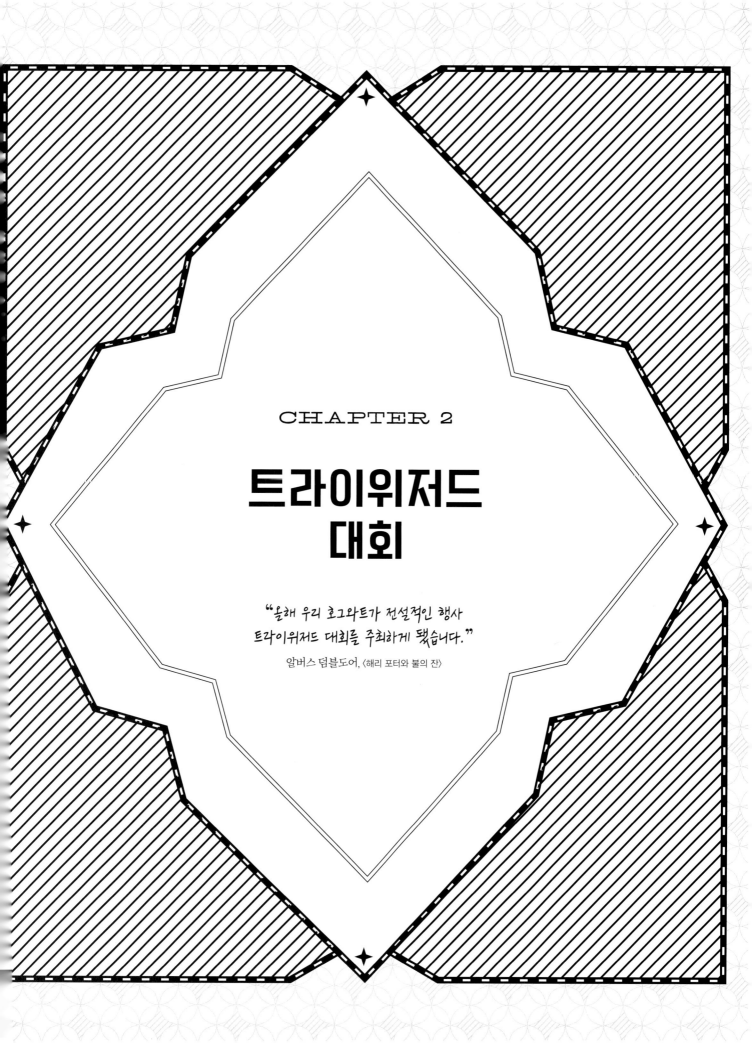

CHAPTER 2

트라이위저드
대회

*"올해 우리 호그와트가 전설적인 행사
트라이위저드 대회를 주최하게 됐습니다."*

알버스 덤블도어, 〈해리 포터와 불의 잔〉

불의 잔

**"신청자들은 양피지에 이름을 적어 불길 속에 던져 넣으세요.
신중히 생각하세요. 선택되면 취소는 안 됩니다."**

알버스 덤블도어, 〈해리 포터와 불의 잔〉

유럽의 3대 마법학교 호그와트, 보바통, 덤스트랭은 수백 년 동안 트라이위저드 대회라는 아주 위험한 경연을 개최했다. 각 학교의 대표 선수가 세 가지 과제를 통해 용기, 지략, 마법 실력을 겨루는 이 대회는 불의 잔을 공개하는 것으로 시작한다. 자기 학교의 대표 선수가 되고자 하는 학생은 잔에 자기 이름을 적은 쪽지를 넣어야 한다. 불의 잔은 금박을 두르고 보석이 박힌 커다란 궤에 담겨서 나오는데, 그 디자인을 위해 프로덕션 디자이너 스튜어트 크레이그와 그래픽 아티스트 미라포라 미나는 중세 건축과 영국 및 러시아 정교회의 장식을 연구했다. 미나가 말한다. "자료들을 보면서 층으로 이루어진 구조물을 떠올렸어요. 그리고 그게 교회 모자이크처럼 화려하게 장식되고 사방의 빛으로 반짝이게 만들고 싶었죠." 소품 제작자 피에르 보해나는 룬문자나 연금술 상징을 새긴 각 부분을 주조한 후에 금색 잎, 색칠한 보석, 반짝이는 여러 물질을 박았다. 크레이그는 "세상에 없던 종교 성물함 같은 느낌이었"다고 묘사한다. 궤는 아주 잠깐 보인 뒤 바로 '녹아' 없어져서 잔을 드러낸다. 미나는 그 장면을 기계적 효과로 만들 수 있겠느냐는 질문을 받았지만 디지털로 하는 편이 낫겠다고 결정했다. "하지만 궤는 의심할 여지 없이 실물이었죠. 제가 직접 그걸 가지고 대연회장으로 갔어요!"

36쪽: 크리스마스 무도회 복장을 한 트라이위저드 대회 대표 선수들. (왼쪽부터) 빅토르 크룸(스타니슬라브 이아네브스키), 플뢰르 들라쿠르(클레망스 포에지), 세드릭 디고리(로버트 패틴슨).
위: 바티 크라우치 시니어(로저 로이드팩)가 바라보는 가운데 덤블도어(마이클 갬번)가 불의 잔을 공개하려고 한다.
아래: 불의 잔을 둘러싼 보바통 학생들.
39쪽 왼쪽 위와 아래: 트라이위저드 대회 대표 선수들이 결정됐다.
39쪽 오른쪽: 불의 잔의 자연 그대로의 모습.

크레이그는 애초에 잔을 작게 만들고 작은 보석을 박으려고 했다. 하지만 연구 끝에 불의 잔은 "나무로 만들고 고딕 문양으로 장식한 키다란 고딕 양식 잔이 되었"다. "우리가 구한 나무는 최상이었어요. 거칠고 뒤틀리고 옹이와 균열이 있었죠. 그래서 아주 오래된 자연물이라는 느낌을 줘요." 피에르 보해나의 팀은 이 유럽느릅나무로 1.5미터 높이의 잔을 조각하고 플라스틱을 약간 더했다. 미나는 밑부분의 나무가 잔 턱 밑까지 뻗어 있는 모습이 여전히 자라난다는 느낌을 준다고 생각했다. 크레이그는 "이걸 보고 미완성이라는 느낌을 받았"다고 말한다. "조각된 부분과 자연물 같은 부분이 반씩 섞여서 완성이 안 된 것처럼 보이지만, 가만히 들여다보면 작은 부분 하나하나가 섬세하게 완성되었고 전체적인 실루엣도 훌륭하죠."

트라이위저드 우승컵

"최후까지 남는 대표 선수만이 트라이위저드 우승컵을 차지할 수 있습니다!"

알버스 덤블도어, 〈해리 포터와 불의 잔〉

유서 깊은 물품인 트라이위저드 우승컵과 그 디자인은 불의 잔과 마찬가지로 자연물의 특징과 공예 기술을 동시에 보여준다. 머글과 마법 세계 디자인의 선례들을 연구한 미라포라 미나는 참고한 유물들에 용 장식이 상당히 많이 쓰였음을 발견했다. 3마리 용과 트로피를 이루는 크리스털 패널 3개는 대회에 참여하는 세 학교를 나타낸다. 컵을 만들기 시작할 때, 소품 제작자 피에르 보해나는 미나의 개념이 금속 작업에 대해 분명한 느낌을 주었다고 말한다. "컵을 은으로 만들고 싶지는 않았어요. 너무 정교하게 만들고 싶지도 않았죠. 무거운 주물, 아주 오래된 물건이라는 느낌을 내고 싶었어요. 은을 쓰면 그런 느낌은 만들 수 없죠." 보해나는 합금을 통해 거의 납 같은 느낌을 주고 청회색 색채도 내는 공정을 알아냈다. 컵은 각 용도마다 주형을 만들어서 그에 맞는 다른 재료를 사용해 만들었다. 몇몇 컵은 포트키로 쓰일 때 공중을 날아야 했기 때문에 라텍스와 고무로 제작되었고, 다른 컵들은 금속과 수지로 만들어졌다. 트라이위저드의 철자가 TRI-WIZ-ARD로 쪼개져서 새겨진 패널은 마치 불의 잔처럼 이 물품 역시 미완성된 유물이라는 느낌을 준다. 미나가 말한다. "크리스털 안에는 불과 고사리 문양이 있어요. 저는 그것들이 살아 있는 것처럼 계속 자라난다고 생각했죠." 보해나는 서로 반작용하는 다양한 화학물질을 사용해서 부서지고 갈라진 모습을 만들었다. 하지만 그가 그 효과를 만들기 위해 사용한 재료는…… "포장 랩이었습니다. 랩을 잘게 잘라서 던져 넣으면 재료들이 서로에게서 떨어지거든요." 그는 주름과 균열이 있는 자연 물질을 분석하다가 그런 생각을 떠올렸다면서 말한다. "자연은 언제나 답을 가지고 있죠."

오른쪽: 트라이위저드 우승컵 소품 참고 사진.
41쪽 위: 세 학교의 학생들에게 트라이위저드 우승컵이 공개되는 가운데, 알버스 덤블도어(마이클 갬번)가 그들에게 경기 참가의 심각성을 일깨워 주고 있다.
41쪽 아래: 세드릭 디고리(로버트 패틴슨)와 해리 포터(대니얼 래드클리프)는 세 번째 과제를 마친 뒤, 우승컵이 볼드모트에게 가는 포트키라는 사실을 모르고 우승컵을 향해 손을 뻗는다.

트라이위저드 대표 선수들

보통 트라이위저드 대회에는 참가 학교에서 각각 한 명씩 세 명의 대표 선수가 참여한다. 하지만 올해 호그와트에서 열린 대회에서는, 대니얼 래드클리프가 말하듯 "엄청난 소란"이 일어난다. "세드릭 디고리, 플뢰르 들라쿠르, 빅토르 크룸이라는 세 명의 이름만이 아니라 해리의 이름까지 나오기 때문이죠."

프랑스 배우 클레망스 포에지는 자신의 캐릭터인 보바통 대표 선수 플뢰르 들라쿠르를 "우아하고 진지하며, 늘 완벽한 아가씨"라고 설명한다. 포에지는 플뢰르를 "고등학교 시절에 싫어하던 여자애들"과 비슷하다고 보았다. 포에지는 웃으며 말한다. "모든 걸 완벽하게 해내면서 그 공간에 있는 다른 사람들은 쳐다보지도 않는 애들요. 플뢰르는 프랑스인에 관한 클리셰를 모두 담고 있어요. 플뢰르 본인은 클리셰가 아니지만, 프랑스 여자라면 이렇겠거니 하는 인물이죠."

불가리아 배우 스타니슬라브 이아네브스키는 자신의 캐릭터인 빅토르 크룸을 "남자다운 소년"이라고 생각했다. "말이 많다기보다는 몸을 쓰는 쪽이죠." 이아네브스키는 신체적인 동작을 통해서 덤스트랭 학생을 표현했다. 따뜻한 옷이긴 했지만, 의상도 캐릭터 표현에 도움이 됐다. 그는 설명한다. "저는 빅토르 크룸이 대연회장으로 들어가는 장면을 촬영하는 게 무척 즐거웠어요. 그 큼지막한 모직 코트를 걸치는 순간, 캐릭터 측면에서 더 강력해졌죠."

호그와트의 공식 대표 선수는 로버트 패틴슨이 연기한 후플푸프 기숙사의 세드릭 디고리다. 패틴슨은 말한다. "세드릭은 꽤 신사적인 녀석이에요. 열일곱 살에, 반장이고, 페어플레이를 하는 데다 규칙을 철저히 지키죠. 처음에는 모두가 세드릭을 응원해요. 하지만 어떤 면에서, 세드릭은 해리를 보호하죠. 경쟁심을 느끼기는 하지만 결국은 뭐가 더 중요한지 알고 있어요."

호그와트의 두 번째 대표 선수인 해리 포터에게 불의 잔의 선택을 받는다는 것은 명예와 전혀 거리가 먼 일이다. 대니얼 래드클리프는 설명한다. "이번에도 해리는 주목을 받게 돼요. 불의 잔에서 자기 이름

이 나오자 해리는 모두 그가 뭔가 반칙을 저질렀다고 의심하게 되리라는 걸 알아채죠. 해리 자신이 불의 잔에 이름을 넣지 않았기 때문에 틀림없이 다른 누군가가 이름을 넣었을 거라는 걸 알고 있어요. 그것 때문에 죽을 수 있다는 것도요!"

42쪽: 네 명의 트라이위저드 대표 선수가 홍보 사진을 찍기 위해 포즈를 취하고 있다. (왼쪽부터) 세드릭 디고리(로버트 패틴슨), 플뢰르 들라쿠르(클레망스 포에지), 해리 포터(대니얼 래드클리프), 빅토르 크룸(스타니슬라브 이아네브스키).
맨 위: 호그와트 대표 선수 세드릭 디고리가 세 번째 과제인 미로 속에 있다.
오른쪽: 보바통 대표 선수 플뢰르 들라쿠르.
왼쪽: 덤스트랭 대표단이 도착하고 있다. (왼쪽부터) 덤스트랭 학생(톨가 사페르), 덤스트랭 대표 선수 빅토르 크룸(스타니슬라브 이아네브스키), 교장 이고르 카르카로프(프레드라그 벨라즈).

학교 트로피들

"환상의 4인조네."
리타 스키터, 〈해리 포터와 불의 잔〉

호그와트에 있는 트로피 전시실은 〈해리 포터와 불의 잔〉에서 짧게 나온다. 대연회장에서 이름이 발표된 트라이위저드 대회 대표 선수들이 거기에 모이는데, 트로피 수백 개가 가득한 이 방은 어딘가 익숙해 보인다. 〈해리 포터와 불사조 기사단〉에서는 필요의 방으로 변신하고 〈해리 포터와 혼혈 왕자〉에서는 호러스 슬러그혼의 방으로 쓰였기 때문이다. 트로피를 만들거나 기존 트로피에 마법사 느낌을 줄 때 책에서 아이디어를 얻은 소품 팀은 퀴디치 트로피뿐 아니라 우수 마법 훈장, 호그와트 특별 공로상, 변환 마법·체스·마법약 상, 선행 및 공로 상패들로 그곳을 가득 채웠다. 트로피에는 책에 나오는 이름과 영화 제작진의 이름이 쓰였다.

- Trophies -

Quidditch trophies — Roderick Plumpton
(small 4 individual   Charlie Weasley
players)   Gwenog Jones
   Alasdair Maddock

Medals of Magical Merit — T. M. Riddle
   L. J. Evans
   (= Lily Potter)
   W. A. Weasley
   F. C. J. Longbottom
   J. E. Prewett

Awards for Special — T. M. Riddle
Services to Hogwarts   M. G. McGonagall
(small burnished gold   D. L. Boot
shield)   R. J. H. King

also -
Transfiguration Trophy
Potions Cup
Chess trophy
Award for Effort — Oliver Wood

RAVENCLAW
1962

J. E. PREWITT
1978
SEEKER

D. L. BOOT
1979
SEEKER

속기 깃펜

"속기 깃펜 써도 되지?"
리타 스키터, 〈해리 포터와 불의 잔〉

《예언자일보》 기자 리타 스키터의 문제 있는 취재 방식은 〈해리 포터와 불의 잔〉에서 트라이위저드 대회 최연소 대표 선수인 해리 포터와 인터뷰할 때 아주 잘 드러난다. 스키터가 사용하는 속기 깃펜은 인터뷰 내용을 아주 자극적인 문장으로 바꿔 적는다. 애니메이션으로 만든 깃펜에는 리타 스키터의 복장과 잘 어울리는 밝은 녹색 깃털이 달려 있다.

44쪽 위부터 시계방향으로: 트로피 전시실 제작 참고 사진./퀴디치 수색꾼 두 명에게 수여된 트로피./래번클로 기숙사의 우승 트로피.
위: 리타 스키터와 함께 온 《예언자일보》 사진기자가 트라이위저드 대회 첫 번째 과제 취재 때 쓴 카메라.
오른쪽 아래: 속기 깃펜과 리타 스키터의 메모.
왼쪽 아래: 〈해리 포터와 불의 잔〉에서 미란다 리처드슨(리타 스키터)이 대표 선수 천막 안에 있는 모습.

트라이위저드 경기장들
★ 트라이위저드 대회 첫 번째 과제: 용 경기장 ★

사용자: 트라이위저드 대회 대표 선수, 용

촬영 장소: 스코틀랜드 글렌코 스틸 폭포, 스코틀랜드 에번턴 블랙 록 협곡

영화 속 등장: 〈해리 포터와 불의 잔〉

스코틀랜드에서 현지 촬영한 풍경들은 해리 포터가 〈해리 포터와 불의 잔〉에서 트라이위저드 대회 첫 번째 과제로 헝가리 혼테일과 싸우는 장면의 배경이 되었다. 스튜어트 크레이그는 언제나처럼 용 경기장을 조각 작품처럼 만들고자 했다. "가장 강렬하고 거칠고 흥미로운 효과를 얻으려면 황량한 바위 구덩이에 지어야 할 것 같았어요. 그래서 채석장과 거친 바위 지대를 찾아다녔죠." 크레이그는 촬영소에 채석장 바닥을 짓고 그 위에 대결을 내려다보는 가파른 관중석을 설치했다. "경기장 주변에 커다란 목조 울타리를 두르고 그 바깥에 관중석을 설치했어요. 그래서 집중도와 밀집도가 투우장과 비슷해졌죠. 그런 뒤 그 모든 것을 스코틀랜드 글렌 인버네스의 산꼭대기 풍경에 결합시켰어요. 배경과 함께 보지 않으면 그저 평범하겠지만, 글렌 인버네스와 합성하자 결과가 놀라웠죠."

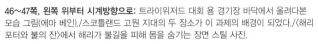

"용이잖아요! 저게 첫 번째 과제군요! 말도 안 돼!"

해리 포터, 〈해리 포터와 불의 잔〉

46~47쪽, 왼쪽 위부터 시계방향으로: 트라이위저드 대회 용 경기장 바닥에서 올려다본 모습 그림(에마 베인)./스코틀랜드 고원 지대의 두 장소가 이 과제의 배경이 되었다./〈해리 포터와 불의 잔〉에서 해리가 불길을 피해 몸을 숨기는 장면 스틸 사진.

★ 트라이위저드 대회 두 번째 과제: 호수 ★

호그와트 성 앞의 호수는 탑이나 첨탑 못지않게 학교의 실루엣에 큰 영향을 미친다. 이 호수를 표현하는 데는 시리즈 내내 잉글랜드 서리주 버지니아 워터 호수를 포함한 다양한 장소가 사용되었다. 버지니아 워터 호수는 〈해리 포터와 아즈카반의 죄수〉에서 해리가 벅빅을 타고 비행할 때와 나중에 디멘터를 만날 때의 배경이다. 〈해리 포터와 불의 잔〉의 호숫가 장면도 버지니아 워터 호수에서 촬영되었으며, 이 외에 스코틀랜드 로커버의 실 호수와 에일트 호수, 아케이그 호수 등이 장면 배경으로 사용되었다.

트라이위저드 대회 두 번째 과제는 호수 속에서 치러지는데, 제작진은 스튜디오 숏과 디지털 숏을 결합해 이 장면을 완성했다. 하지만 물 바깥의 관중석은 디자이너 스튜어트 크레이그의 창의적 아이디어였다. 그는 극적 분위기를 높여주는 위치에 관객들을 앉히고서, 대표 선수들이 다시 물 위로 떠오르기를 기다리게 하자고 생각했다. "사람들을 주변 바위 대신 호수 중간의 극적인 관중석에 앉히는 편이 좋을 것 같았어요." 이 디자인은 빅토리아 시대의 부두 구조를 본뜬 것이다. 크레이그는 "해변에 고정된 부두 말고, 높다란 교각에 얹혀서 물속 궤도를 움직이는 구조물을 응용해 움직이는 관중석을 만들었"다고 밝혔다. 물속의 대표 선수들을 관람하는 수중 관람경도 고안됐지만 제작되지는 않았다.

> **"머틀, 검은 호수에 인어가 살지?"**
>
> 해리 포터, 〈해리 포터와 불의 잔〉

48~49쪽: 〈해리 포터와 불의 잔〉 트라이위저드 대회 첫 번째 과제에서 해리는 헝가리 혼테일과 대결을 벌인다. 폴 캐틀링 아트워크.
위: 〈해리 포터와 불의 잔〉에서 호수를 합성한 이미지.
51쪽 위와 아래: 호수 속에서 그린딜로에게 쫓기는 해리 포터 콘셉트 아트(더멋 파워)와 호수 속의 해리 포터.

사용자: 트라이위저드 대회 대표 선수, 인어, 그린딜로
촬영 장소: 잉글랜드 서리주 버지니아 워터 호수, 스코틀랜드 로커버 실 호수, 에일트 호수, 아케이그 호수
영화 속 등장: 〈해리 포터와 마법사의 돌〉, 〈해리 포터와 비밀의 방〉, 〈해리 포터와 아즈카반의 죄수〉, 〈해리 포터와 불의 잔〉, 〈해리 포터와 불사조 기사단〉, 〈해리 포터와 혼혈 왕자〉, 〈해리 포터와 죽음의 성물 2부〉

✳ 트라이위저드 대회 세 번째 과제: 미로 ✳

〈해리 포터와 불의 잔〉의 트라이위저드 대회에서 대표 선수들의 마지막 과제는 미로를 뚫고 결승점에 도착해 트라이위저드 우승컵을 손에 넣는 것이다. 프로덕션 디자이너 스튜어트 크레이그가 웃으며 말한다. "사람들은 미로가 어떤 곳인지 안다고 생각하죠. 하지만 호그와트에서는 모든 것이 우리 생각과 달라요." 그는 현실에서 볼 수 있는 어떤 미로보다 더 크고 높은 미로를 설계했다. 통로의 폭이 1.5미터, 높이가 7.5미터에 달했다. "안개 낀 그곳에는 혼란과 공포가 가득해요. 사물들이 공격을 하죠. 하지만 모든 것이 마지막 대결 장소인 묘지로 가는 예비 단계일 뿐이에요." 크레이그는 스코틀랜드 글렌 네비스 근처 고원 지대의 포트 윌리엄 인근에 미로를 '설치'했다. "우리는 그 멋진 계곡에 서서 미로를 얼마나 넓은 영역에 설치해야 하나 생각했어요. 미로의 핵심은 중심을 찾아가는 일인데, 그게 쉬우면 안 되니까 최대한 어렵게 만들었더니 3킬로미터 길이에 800미터 폭의 거대한 미로가 계곡을 가득 채우게 됐어요. 크게 과장하는 것이 우리의 가장 강력한 무기 가운데 하나죠."

움직이는 미로를 만드는 과제는 특수효과 감독 존 리처드슨이 맡았다. 리처드슨의 팀은 각기 따로 움직이고, 물결치고, 기울며, 모였다가 갈라지는 미로를 12미터 정도 만들었다. 크레이그가 말한다. "미로가 대표 선수들을 쫓고 그들을 해칠 것처럼 움직이기는 하지만 안전장치를 철저하게 해놨어요. 벽이 튼튼하게 서 있도록 무거운 강철로 짓고, 기술자들이 완벽하게 통제할 수 있는 복잡한 유압식 장치로 움직였죠." 미로 장면에는 디지털 효과가 많이 쓰였지만 실사 특수 효과도 사용되었는데, 일례로 세트 전체를 감싼 안개는 드라이아이스 효과였다. 로버트 패틴슨(세드릭 디고리)은 이런 실사 효과들이 연기에 도움이 되었다고 말한다. "진짜 폭발이 일어나고 미로 전체가 움직이니까, 정말로 목숨을 위협받는 느낌이 들어서 절로 뛰게 되더라고요!"

> *"미로에선*
> *사람들이 변해."*
>
> 덤블도어 교수,
> 〈해리 포터와 불의 잔〉

사용자: 트라이위저드 대회 대표 선수
영화 속 등장: 〈해리 포터와 불의 잔〉

52~53쪽: 미로 속의 해리 포터. 영화 속 스틸 사진과 콘셉트 아트.

황금 알

"우리의 음성이 들리는 곳으로 와요. 우린 땅에서는 노래를 못 불러요. 한 시간 안에 그대는 찾아야 해요. 우리가 그대에게서 빼앗은 것을."

인어들이 두 번째 과제에 대해서 준 힌트, 〈해리 포터와 불의 잔〉

트라이위저드 대회의 첫 번째 과제는 용이 지키는 황금 알을 가져오는 것이다. 알을 열면 그 안에서 두 번째 과제로 이어지는 힌트를 얻을 수 있다. 디자이너 미라포라 미나는 먼저 알의 겉을 고전적인 방식으로 장식하기로 결정했다. "거기에 새겨진 것은 도시 풍경이에요. 신화나 마법 도시보다는 역사 속 도시에 가깝죠." 미나는 소품의 외관을 에나멜을 칠한 것처럼 만들고(실제로는 그렇지 않다) 그 위에 연금술 상징을 새겨 넣었다. 《해리 포터와 불의 잔》책에는 알의 내부에서 노래가 흘러나온다는 내용이 나온다. 미나는 "그래서 무언가 아련한 형태로 만들어야 했"다고 말한다. "노래가 그 안에 든 내용물인지 표면에 있는지 잘 알 수 없게요. 그래서 안에서 벌어지는 일이 잘 보이지 않게 크리스털을 쓰기로 했죠."

〈해리 포터〉영화의 소품을 디자인할 때 미나가 주제로 삼은 것 중 하나는 무언가를 발견하는 느낌이었다. 미나는 황금 알의 디자인을 구상하면서 1880년대부터 1910년대까지 러시아 황실에 바친 알 모양 공예품인 파베르제의 달걀을 연구

했다. 금과 은으로 만든 이 알들을 열면 보석과 에나멜로 치장한 조형물이 나온다. "무언가를 발견하려면 그러도록 노력해야만 하죠." 미나가 말한다. 알은 기계장치로 열린다. "아주 단순해요. 암호를 맞혔을 때처럼 무언가가 자동으로 튀어나오게 만들고 싶었어요." 미나는 그 장치를 세 장의 날개 위에 얹은 부엉이 머리로 디자인했다. 셋이라는 숫자는 트라이위저드 대회와 연결된다. "그리고 홀수는 언제나 흥미롭죠. 그래서 알이 세 부분으로 갈라져야 한다고 생각했어요. 평소에 두 쪽으로 깨는 것과 다르게요!" 이 장치를 들어서 돌리면 금속 날개 세 장이 펼쳐진다. 알의 겉면에는 금박을 입혔다. 소품 제작자 피에르 보해나가 말한다. "우리는 금박을 많이 썼어요. 이 소품을 비롯해서 여러 소품들이 특별해야 했으니까요. 그래서 돈이 많이 들었지만, 그렇다고 엄청나게 많이 든 건 아니에요. 그리고 영화를 보면 효과가 정말

좋죠. 그냥 칠만 해서는 흉내 낼 수 없는 반짝임이 있어요."

뚜껑이 열리면 "새로운 층으로 내려가는 느낌"이 든다고 미나는 말한다. "알의 껍데기와 안쪽이 서로 대조되게 하고 싶었어요. 안쪽은 뭐랄까, 살아 있는 것처럼 보이게요." 알 내부의 거품은 "진짜 거품은 아니라"고 보해나는 말한다. 거품들은 작은 아크릴 구슬을 수지 용액 안에 매달아 놓은 것이다. 보해나가 말을 잇는다. "액체 상태에서 고체로 굳는 물질은 크기가 줄거나 늘죠. 우리가 쓴 수지는 구슬에 달라붙지 않고 반대로 피하기 때문에, 놀라울 만큼 실감 나는 거품 효과를 만들었어요." 그 과정에 진주 광택 색소를 더했고, 그것 역시 액체에서 고체로 변하면서 혼합물 속에 "소용돌이"를 만들었다. "우리의 주조 전문가 에이드리언 게틀리가 색소를 정확한 타이밍에 넣어서 소용돌이나 물결무늬를 만들고, 그것이 너무 깊이 내려가기 전에 굳도록 조절했죠."

알은 영화 촬영 중 여러 차례 물속에 들어가야 했기 때문에 완전히 방수 가공했다. 알의 무게는 4.5킬로그램이 넘었다. "조금만 잘못해도 바로 바닥으로 가라앉아 버렸어요." 보해나가 말한다. 알이 물속에서 열릴 때 쓰러지지 않도록 대니얼 래드클리프(해리 포터)는 알에 달린 클립에 연결된 투명 플라스틱 클립을 한 손에 찼는데, 그 덕분에 손가락이 자유로워져서 두 손을 쓰지 않고도 알을 다룰 수 있었다.

54쪽: 〈해리 포터와 불의 잔〉에 나오는 황금 알을 위에서 내려다본 모습. 디자이너 미라포라 미나의 콘셉트 아트.

위: 황금 알 참고 사진. 수지 용액 안에 작은 아크릴 구슬을 넣고 진줏빛 색소와 함께 굳혀서 멋진 거품 효과를 냈다.

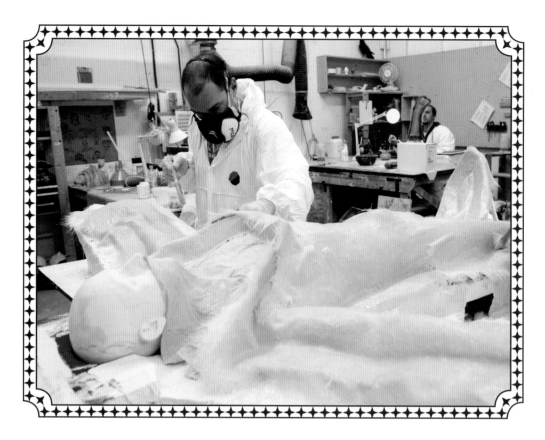

실물 인형

"어젯밤, 각 대표 선수의 보물이 하나씩 도난당했습니다.
그 보물들이 검은 호수 밑에 있습니다."

알버스 덤블도어, 〈해리 포터와 불의 잔〉

트라이위저드 대회의 두 번째 과제는 혼탁한 검은 호수의 물속에서 이루어진다. 대표 선수들은 그곳의 인어 마을에 마법으로 잠든 채 둥둥 떠 있는 소중한 사람을 구해야 한다. "3주나 되는 촬영 기간 동안 배우들을 물탱크 바닥에 묶어둘 수는 없었죠!" 〈해리 포터〉 영화 시리즈의 특수분장 효과 아티스트 닉 더드먼이 말한다. 이런 이유로 네 배우의 실물 인형이 제작돼 물속 대역으로 쓰였다.

배우의 실물 인형은 영화 제작 초기부터 쓰인 기술이고, 지금은 예전보다 훨씬 자주 사용된다. 복잡한 분장을 하게 될 인공 신체나 스턴트맨이 쓸 배우의 가면이 필요할 때도 이 방법을 쓰고, 오늘날에는 로봇 인형을 만들거나 컴퓨터 작업을 위해서도 실물 인형을 만든다. 더드먼은 다음과 같이 설명한다. "이유는 사실 단순해요. 배우들을 사이버스캔해야 할 때가 많은데 레이저로 사이버스캔을 할 때 사람들은 어쩔 수 없이 약간씩 움직여요. 가만히 있을 수가 없죠. 그래서 배우의 얼굴을 스캐닝 컴퓨터에서 가져오면 윤곽이 뭉개지고 디테일이 흐려져 있어요. 카메라가 움직이면서 스캔하는 동안, 사람은 아주 조금씩이라도 움직이니까요. 하지만 실물 인형을 만들어서 스캔하면 그런 움직임이 전혀 없죠. 그래서 CG 팀이 얻는 스캔 품질이 열 배는 좋아집니다."

실물 인형 제작법은 세월이 흐르는 동안 계속 발달했지만 가장 많이 쓰이는 재료는 여전히 치과용 알지네이트다. 먼저 배우의 머리카락을 보호하기 위해 머리에 비닐 모자를 씌운다. 그런 뒤 가루 형태의 알지네이트를 물에 타는데, 이것은 3분이 지나면 고무처럼 탱글탱글해진다. 더드먼이 설명한다. "완전히 굳기 전에 머리 전체와 어깨, 또는 필요에 따라 전신에 알지네이트를 덮어요." 숨구멍도 만든 후에 마를 때까지 알지네이트가 움직이지 않도록 그 위를 석고 붕대로 감싼다. "알지네이트가 다 굳으면 미리 금을 내놓은 곳을 잘라서 배우를 빼내고 조각들을 다시 붙인 뒤, 안에 석고를 넣어서 배우와 똑같은 모형을 만듭니다. 구식이지만 아직 이것을 능가할 방법은 없어요. 석고만큼 풍부한 데이터를 주는 재료는 없거든요. 석고로 작업하면 주근깨, 모공, 주름살 하나까지 깜짝 놀랄 만큼 정교한 정보를 얻을 수 있죠." 그렇게 주형을 만들면 원하는 어떤 재료로도 실물 인형을 만들 수 있다. 그런 뒤에는 그 위에 눈썹과 털과 머리카락을 하나하나 심고 아주 세밀하게 색칠한다. "제대로 하면 이런 인형들은 아주 정교한 대역 배우가 되죠." 더드먼이 결론을 내린다.

주요 배우들은 첫 영화부터 실물 인형을 만들었지만, 〈해리 포터〉 영화의 특성상 어린 배우들이 계속 성장했기 때문에 이에 맞춰 인형도 다시 만들어야 했다. 실물 인형은 내용 진행에 필수적이었다. 〈해리 포터와 비밀의 방〉에서는 비밀의 방에서 풀려난 바실리스크의 눈길에 사람들이 돌처럼 굳어버린다. 콜린 크리비, 저스틴 핀치플레츨리, 목이 달랑달랑한 닉, 헤르미온느 그레인저가 모두 촬영이 진행되는 내내 꼼짝 않고 눕거나 서 있을 수는 없었기에 실물 인형을 만드는 게 답이었다. (석화된 노리스 부인은 로봇 인형이었다.)

4편에서 수중 장면을 촬영할 때도 똑같이 인형이 필요했지만 론 위즐리, 헤르미온느 그레인저, 초 챙, 플뢰르 들라쿠르의 동생 가브리엘의 인형은 조금씩 움직여야 했다. 그래서 배우들의 실물 인형을 토대로 로봇 인형을 만들고 그 안에 부유 탱크를 넣어, 공기를 넣고 빼는 것으로 인형이 둥둥 떠 있거나 입에서 거품이 나가도록 만들었다. 외부 탱크에서 인형 안으로 물을 펌프해 넣기도 했는데, 그러면 물이 인형의 한 부분에서 다른 부분으로 천천히 움직이며 부드럽고 자연스러운 동작을 만들었다. 캐릭터가 공중에 매달릴 경우에도 실물 인형이 사용됐다. 〈해리 포터와 혼혈 왕자〉에서는 케이티 벨이, 〈해리 포터와 죽음의 성물 1부〉에서는 채러티 버비지가 공중에 매달려야 했다. 시각효과 프로듀서 에마 노턴은 닉 더드먼과 비슷한 말을 한다. "촬영할 때마다 배우를 10시간씩 거꾸로 매달아 둘 수는 없잖아요!" 로봇 장치로 만들어진 이 인형들은 몸도 비틀고 고통스러운 표정도 짓는다. 〈해리 포터와 혼혈 왕자〉에서는 덤블도어가 탑에서 떨어져 죽은 뒤 해그리드가 그를 안고 가는 장면을 위해 마이클 갬번의 실물 인형 2개가 제작되었다. 해그리드가 거인 혼혈이기 때문에 덤블도어의 인형은 두

캐릭터의 비율에 맞춰 줄이고 최대한 가볍게 만들어야 했다. 롱숏 장면에서 덩치 큰 해그리드를 연기한 마틴 베이필드는 몸에 무거운 의상과 로봇 장치를 잔뜩 걸치고 있었기 때문이다. 이 장면은 결국 촬영되지 않았지만, 더드먼의 팀은 이것을 준비하면서 얻은 지식으로 〈해리 포터와 죽음의 성물 2부〉에서 해그리드가 안고 가는 작은 해리 포터 인형을 만들었다.

56쪽: 〈해리 포터와 혼혈 왕자〉 초기 단계 실물 인형들. 알지네이트를 떼어낸 뒤에 고정을 위해 유리섬유 천으로 감싸두었다가 석고를 넣는다.
왼쪽: 〈해리 포터와 불의 잔〉에 나오는 헤르미온느 그레인저의 실물 인형은 내부에 부유 탱크를 넣어서 물속에 떠 있는 느낌을 주고 입에서 거품도 나오게 했다.
맨 위: 두 번째 과제 장면을 촬영할 때는 네 명의 학생이 여러 날 동안 물속에 묶여 있어야 했다. 배우들에게 그런 일을 시킬 수는 없는 노릇이다!
중간: 〈해리 포터와 죽음의 성물 2부〉에서 해리 포터가 죽었다고 생각한 해그리드가 해리를 안고 호그와트 안뜰로 들어서고 있다.

보바통

막심 교장

보바통 교장 올랭프 막심 교장의 캐릭터를 설명해 달라고 하자, 프랜시스 드 라 투르는 "여학생들을 사랑하고 그들에게 아름다운 옷을 입히는 교사예요. 그리고 그냥 좀 덩치가 크죠"라고 말한다. 그리고 잠시 후 말을 잇는다. "하지만 그녀는 자신이 크다는 사실을 인정하지 않아요."

자니 트밈을 만났을 때 드 라 투르는 막심 교장이 '자신은 크지 않다'고 생각한다는 점을 강조했고, 심지어 캐릭터가 여윈 몸집으로 나올 수 있는지도 물었다. 트밈은 이렇게 대답했다. "아뇨, 당신은 거인이에요. 아주 커요. 하지만 우아하죠. 절대로 작고 귀엽게 될 수는 없어요. 그러니까 크고 강한 것을 생각하세요." 트밈은 "어쨌거나 막심 교장은 사람들 눈길을 끌고 싶어하는 여자"라고 말한다. 에트네 페넬은 막심 교장의 우아한 복장에서 영감을 받아, 그에 어울리는 멋진 헤어스타일을 만들었다. "우리는 단순한 단발머리를 생각했지만, 그녀는 복장과 어울리는 몇 가지 색깔로 하이라이트 염색을 해서 좀 더 화려하게 연출했어요."

막심 교장을 가장 거대하게 표현하기 위해서, 216센티미터의 농구 선수 출신 영화배우 이언 화이트가 죽마를 신고 키를 240센티미터까지 키웠다. 트밈은 옷의 무늬도 비율에 맞춰서 키워야 했을 뿐 아니라, 옷을 바닥까지 늘어뜨려 죽마를 가리고, 소매를 길게 해서 막심 교장 대역의 가짜 손을 가려야 했다. 실리콘으로 만든 막심의 애니메트로닉 머리가 부착된 부분은 인조 모피 옷깃과 소맷부리, 깃털 목도리, 커다란 주름 깃 등으로 가렸다. 화이트는 죽마를 신고 걷는 법뿐 아니라 크리스마스 무도회에서 해그리드의 대역인 마틴 베이필드와 춤을 추는 법도 익혀야 했다.

영화 속 등장: 〈해리 포터와 불의 잔〉
재등장: 〈해리 포터와 죽음의 성물 1부〉
직업: 보바통 마법학교 교장

원 안: 막심 교장 역의 프랜시스 드 라 투르.
왼쪽: 〈해리 포터와 불의 잔〉의 크리스마스 무도회에서 막심 교장과 해그리드가 함께 춤을 추는 모습.
오른쪽과 59쪽 왼쪽: 막심 교장의 의상 스케치와 여러 가지 의상. 마우리시오 카네이로 스케치.
59쪽 오른쪽 위: 〈해리 포터와 불의 잔〉에서 보바통 여학생들의 입장.
59쪽 오른쪽 아래: 막심 교장의 옷은 깃이 높아야 했다.

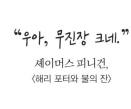

"우아, 무진장 크네."

셰이머스 피니건,
〈해리 포터와 불의 잔〉

막심 교장의 애니메트로닉 머리에는 화이트가 안에서 대사를 하면 그에 맞추어 입이 움직이는 장치가 되어 있었다. 이것은 다른 배우들이 연기를 하는 데 도움이 되었다. 얼굴 표정이나 눈 움직임은 닉 더드먼의 팀이 조종했다. 더드먼은 말한다. "하지만 배우의 연기가 필요한 장면이 있게 마련이죠. 이럴 땐 얼굴을 크게 보여주다가 물러나서, 막심 교장의 덩치를 보여주는 식으로 표현했어요. 그럴 때는 블루스크린 앞에서 촬영했죠." 이 외에도 더드먼은 가까이에서 찍을 때도 드 라 투르를 커다랗게 보이도록 하기 위해 다른 창의적인 방법들을 여럿 활용했다. "세트를 작게 만들거나 촬영 각도를 조정하거나, 때로는 배우를 그냥 높은 단 위에 올려서 키를 키웠어요. 영화를 볼 때 '우아, 저 사람 정말 크다' 하는 생각이 들어야 했죠. 그게 우리가 달성해야 할 목표였어요."

덤스트랭

이고르 카르카로프

영화 〈해리 포터와 불의 잔〉에 덤스트랭 학교의 교장으로 나오는 이고르 카르카로프는 보바통 학교의 교장만큼 크지는 않지만 나름대로 강력한 힘을 과시한다. 이 역할을 맡은 세르비아의 배우 프레드라그 벨라츠는 말한다. "저는 그가 아주 극적이고 심지어 오만하다고 생각합니다. 하지만 그건 그의 과거 때문이죠. 그는 재판 이전, 그러니까 자신이 세상 꼭대기에 있던 시절처럼 보이려고 하지만, 속으로는 그럴 수 없다는 걸 알아요." 카르카로프는 지난날 죽음을 먹는 자로서 유죄 판결을 받았지만, 바티 크라우치 2세를 넘기는 대가로 풀려났다. 펜시브로 보았을 때, 벨라츠는 아즈카반 죄수복을 입고 있다. 그는 겉모습을 바꾸려고 색을 입힌 의치를 꼈고 ("당연히 그건 제 치아가 아니었어요!") 이 역할을 위해 기른 수염을 분장으로 더 길게 만들었다. 그는 웃으며 한마디 덧붙였다. "하지만 제 머리는 원래 이렇습니다." 일주일 동안 중세 고문 도구 같은 철제 우리에 앉아서 촬영할 때는 밀실 공포증을 느꼈지만, 그는 그 공포를 연기에 이용했다고 말한다.

> **영화 속 등장:** 〈해리 포터와 불의 잔〉
> **직업:** 덤스트랭 마법학교 교장
> **소속:** 죽음을 먹는 자

"그건 징표야,
세베루스, 자네도 알잖아."

이고르 카르카로프,
〈해리 포터와 불의 잔〉

60쪽 원 안과 60쪽 오른쪽: 덤스트랭 교장 이고르 카르
카로프 역의 프레드라그 벨라츠.

60쪽 아래 왼쪽: 〈해리 포터와 불의 잔〉에서 트라이위
저드 대회 개회 연회에 참석한 카르카로프와 맥고나
걸 교수.

위: 카르카로프의 여러 코트. 자니 트밈 디자인, 마우리
시오 카네이로 스케치.

아래: 이고르 기르기모프기 부권 학생(틀기 시페르)을 데
리고 연회장에 도착한 모습.

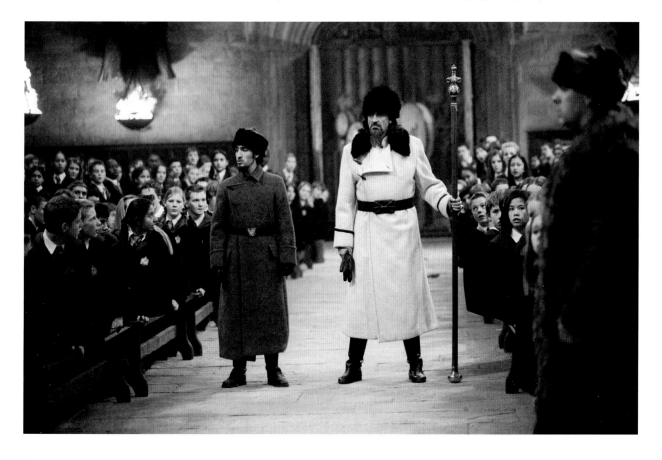

리타 스키터

리타 스키터가 《예언자일보》의 기자로서 트라이위저드 대회에 입고 올 옷을 디자인할 때, 자니 트밈은 "가십 기자들은 항상 행사에 맞는 옷을 입는다는 점"에 주목했다. "그들은 애스컷 경마장에서는 모자를 쓰고, 자동차 경주장에서는 가죽 재킷을 입죠." 그래서 트밈은 리타 스키터의 복장이 항상 그녀가 쓰는 기사와 일치하도록 했다. 배우 미란다 리처드슨도 이 생각에 동의했다. "리타에게는 행사에 어울리는 옷을 입는 것이 (어쨌건 그녀가 볼 때는) 기사로 진실을 전하는 일만큼이나 중요해요." 처음에 트밈은 자신들의 취재 대상인 스타들만큼이나 요란한 옷을 입었던 1940년대 할리우드의 가십 기자들을 생각했다. 하지만 리처드슨과 의논한 뒤, 스키터 기사의 '사업적' 측면에 대해서도 생각했다. 리처드슨은 스키터가 신문 판매 부수를 늘리는 것뿐 아니라 자신의 유명세도 키우려고 한다고 생각했다. 트밈은 말한다. "리타 스키터는 권력을 원해요. 권력을 얻을 수 있기를 갈망하죠. 그래서 미란다는 리타의 복장에 약간의 광기를 가미해 그 점을 보여주고자 했어요. 그래서 우리는 정장을 선택했죠."

스키터가 처음 학교 대표 선수들과 만날 때 입은 옷에는 그녀의 '악성 기사' 같은 느낌을 담았다. 트밈은 그 색깔을 "독성 녹색"이라고 불렀다. "액체라면 독극물이죠. 마시지 않는 게 좋아요!" 트밈이 특히 마음에 들어 한 그 옷은 옷깃과 소맷부리가 대담한 분홍색 인조 모피로 장식되었다. 대표 선수들의 첫 번째 과제에서 리타는 높은 부츠를 신고 또 시험에 나오는 용들의 살갗을 연상시키는 가죽옷을 입고 나타났

영화 속 등장: 〈해리 포터와 불의 잔〉

직업: 《예언자일보》 기자, 《알버스 덤블도어의 삶과 사기들》 저자

특별 기술: 애니마구스

원 안: 리타 스키터 역의 미란다 리처드슨.
아래 왼쪽: 〈해리 포터와 불의 잔〉에서 트라이위저드 대회의 첫 번째 과제(용) 때 스키터가 입은 옷은 영화에서도, 본래 스케치에서도 용을 연상시킨다.
63쪽 중간: 스키터가 대표 선수 세드릭 디고리와 해리 포터를 처음 만날 때 자니 트밈이 디자인한 의상 콘셉트는 '독성 녹색'이었다.
아래 오른쪽과 63쪽 맨 위: 두 번째, 세 번째 과제 때 리타가 입은 기자 복장. 마우리시오 카네이로 스케치.
63쪽 아래: 〈해리 포터와 불의 잔〉의 리타 스키터.

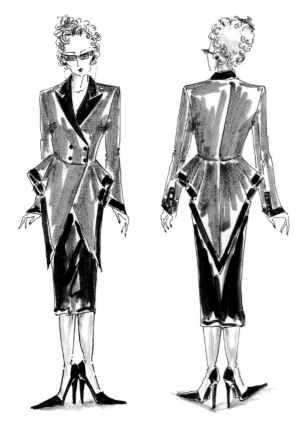

"나는 리타 스키터, 《예언자일보》 기자야.
물론 그건 알겠지, 그렇지?"

리타 스키터, 〈해리 포터와 불의 잔〉

다. 호수에서 두 번째 과제를 치를 때, 트밈은 리타에게 수중 식물이 새겨
진 청색과 녹색의 망토 같은 옷을 입혔다. 트밈은 스키터가 그 옷을 기본
의상으로 가지고 있을 거라고 보았다. "물과 관련된 행사에 갈 때를 대비
한 옷이죠. 스키터는 항상 준비되어 있으니까요." 미로에서 마지막 과제
를 수행할 때 스키터는 '뾰족뾰족한' 주홍색 옷을 입으며, 회상 장면에서
는 회색 줄무늬의 마법사 정장을 입고 있다.

어맨다 나이트는 리타 스키터가 "화장을 진하게" 해야 한다고 말한다.
"부드럽고 매력적으로 보여서는 안 됐어요. 늘 적극적인 미란다는 스스로
도 여러 가지 분장 아이디어를 냈죠." 미란다 리처드슨은 캐릭터의 긴 손
톱은 받아들였지만, 소설에 언급된 금니에 대해서는 선을 그었다. 미란
다 리처드슨과 마이크 뉴얼은 대신 다이아몬드가 박힌 의치를 선택했다.

머리 색깔은 세 번의 시도 끝에 알맞은 색깔을 찾았다. 에트네 페넬이
말한다. "갈색도 해보고, 붉은색도 해보고, 검은색도 해보았어요. 그러고
나서야 금발이 제일 잘 어울린다는 걸 알았죠." 페넬 역시 스키터의 머리
모양이 옷처럼 행사에 따라 변할 거라고 생각했다. "전체적으로 리타의
머리는 방금 롤러를 푼 것처럼 만들려고 했어요. 하지만 용 시험 때는 뿔
달린 머리띠를 씌웠죠. 호숫가에서는 머리카락이 좀 더 출렁거리게 했고
요. 그래서 리타의 머리 모양은 볼 때마다 달라졌어요." 리처드슨은 캐릭
터의 전체적인 모습에 만족해했다. "리타에게는 고전적인 화려함이 있었
어요. 그녀는 언제나 눈에 띄는 사람이었죠!"

Published by arrangement with Insight Editions, LP, 800 A street, San Rafael, CA 94901, USA, www.insighteditions.com

해리 포터 필름 볼트 Vol. 7
: 퀴디치, 트라이위저드 대회

초판 1쇄 인쇄 2021년 10월 20일
초판 1쇄 발행 2021년 12월 29일

지은이 | 조디 리벤슨
옮긴이 | 고정아, 강동혁
발행인 | 강봉자, 김은경

펴낸곳 | (주)문학수첩
주소 | 경기도 파주시 회동길 503-1(문발동 633-4) 출판문화단지
전화 | 031-955-9088(마케팅부), 9532(편집부)
팩스 | 031-955-9066
등록 | 1991년 11월 27일 제16-482호

홈페이지 | www.moonhak.co.kr
블로그 | blog.naver.com/moonhak91
이메일 | moonhak@moonhak.co.kr

ISBN 978-89-8392-876-4 04840
     978-89-8392-869-6(세트)

* 고유명사 등의 용어는《해리 포터》20주년 새 번역본을 따랐습니다.
* 파본은 구매처에서 바꾸어 드립니다.